「これは運命やでッ！
めざしちゃんッ！」
追《おい》川《かわ》めざし
白《しろ》木《ぎ》須《す》椎《しい》羅《ら》

「よっしゃー！　負けへんで！」

「ウチだって！
名人の称号は
ウチがいただきます！」
汐《しお》見《み》凪《なぎ》
間《ま》詰《づめ》明《あか》里《り》

「どう？　釣りは
楽しくやれてる？」
「はい」
「そっか。なら良かったわ。
めざしちゃんが楽しめてるみたいで。
私としても勧誘した
甲斐があったってもんよ」
そう言って、白木須さんは
あとを続ける。
「もうひと目で分かったもんね。
めざしちゃんから出てたもん、
そんなオーラが」

女子高生の放課後アングラーライフ

井上かえる

角川スニーカー文庫

22848

本作は、第26回スニーカー大賞優秀賞受賞作「私たちのアングラな日常」を改題・改稿したものです。

after-school angler life
for high school girls.

CONTENTS

プロローグ

まだまだ肌寒い日が続く二月の上旬。お昼休みの教室はワイワイガヤガヤ楽しそうな話し声が飛び交っている。

そんな中、私は一人机に突っ伏している。

お弁当は半分も食べられなかった。残したお弁当はまた今日も公園のゴミ箱に捨てておかなくちゃいけない。だって、そうでもしないと私の現状がバレてしまうかもしれないから。ごめんなさい、お母さん……。

するとその時、私の心臓がビクリと縮み上がった。スマートフォンのバイブレーションが着信を伝えたのだ。

私は溜息《ためいき》をついてのそりと体を起こし、スマートフォンを手に取りＬＩＮＥを確認する。そこには「見ろ」との簡素なメッセージ。やっぱりだった……。

学校にいる時も、家にいる時も、ご飯を食べている時も、布団に入って寝ようとしている時も……。それは二十四時間いつ送られてくるか分からない命令ＬＩＮＥ。「早くツイッターを見ろ」という意味だ。

私はその命令に従い、重い指を動かしツイッターを開く。そこには大量のリプライが送られてきていて、その全てが私に対する誹謗中傷《ひぼうちゅうしょう》で、彼女たち以外のアカウントからのものも多くあって、私はその全てのリプライに返信をしなくてはいけない決まりになっている。返信が滞ると「見ろ」とＬＩＮＥが送られてくる。鍵はかけられない。そんなことをしたらなにをされるか……。

私に向けられた呪いの言葉の数々。さっき食べたお弁当が逆流しようとしてきている。そんな心の悲鳴をなんとか抑えて、私はその一つひとつに返信をしていく。

そう。私はいじめに遭っている。少し前まで友達だった彼女たちから。

私たち五人グループは学校や放課後や休日に行動を共にする間柄だった。いわゆる、友達、という関係。ただ、引っ掛かるところはあった。

体育の授業などでペアを組む際には必ず私が一人あぶれ、移動する際の電車の座席でもやっぱり私が一人あぶれる。グループの誰かが欠けた時の保険扱い。そのことについてなにも不満を言えなかった私にも問題はあるのだろうけど、グループ内における私の立ち位置はそんな便利屋のようなものだった。

そんなある日、私は声を掛けられた。

「今日の体育だけど、私とペア組んでくれない？」

その子はクラスの人気者グループに属している子だった。なんでも、いつもペアを組んでいる子が病欠らしい。いつもあぶれている私のことを見ていたのかもしれない。

「うん。いいよ」

私はそう応じた。いつもペアを組んでもらっているあの子には悪いけど、その日はその子とペアを組むことになった。

そうして体育の授業が始まり、私は自分が属している五人グループの一人から声を掛けられた。

「追川《おいかわ》さん。今日は私とペア組も」

なんでも、いつもペアを組んでいる子が急な体調不良で見学することになったらしい。

いつもなら私の出番。けど、その日はもう別の子とペアを組む約束をしていた。

「ごめん。今日はもう別の子と約束してて」

そう断って約束したその子の許へと向かった私は、体育の授業終わりにもう一度謝ろうとグループの許へと向かった。

すると彼女たち四人は私のことを睨《にら》み付《つ》けてきて、

「あんたと友達だった事実が汚点だわ」

……そうしてその日から、ＳＮＳを使った私へのいじめが始まった。

きっと私を見て笑っている。そんな彼女たちに目を向けることなく、私はただただ決まりに従い返信を続ける。そうして全てに返信し終えると、私は再び机に突っ伏した。

いつまで耐えられるだろう……。卒業まであと二年。そこまで耐えられる自信は正直言ってない。

そんなふうに思っていたその数ヶ月後、私はお父さんから関西に引っ越すことが決まったという話を聞かされることになった。

勤めていた会社を辞めて、海辺の町で喫茶店を開く。そんな唐突過ぎる宣言だった。

たぶん知らなかったのは私だけ。その宣言を聞かされた私はひどく驚かされたのだけど、お母さんはすでに承知していたみたいで平然としていたから。

そんな申し出に、お母さんはよく納得したなと思った。お父さんがそんな冒険心を持っていた人だなんてことも初めて知った。

そうして私は高校二年の六月というえらく微妙なタイミングに、関西の高校に転校することになった。

引っ越し先へと向かう車の中、今度はもう失敗しないようにしなくちゃ、新しく買い替えたスマートフォンを見やりながら私はそんなふうに思った。

第一章　海辺の町、新しい生活

傾斜の土地に多くの家々がすし詰めになって建てられていて、港には旗を掲げた船が何十隻と泊まっている。岸から海へと伸びている灰色の道は「波止《はと》」と言うらしく、それに寄り添うようにあるあれがテトラポッドで、波止の先の方に見える赤い建造物が灯台であるらしい。遠い海面にはいくつもの畳みたいなものが浮かんでいる。「あれは牡蠣《かき》の養殖をしているんだ」と、これもお父さんに教えてもらった。

この高台から望める景色は確かに海辺に違いないのだけど、私が想像していたものとは随分と様子が違っている。

白い砂浜に青い海、道路沿いにはヤシの木なんかが生えていて、どこからともなくレゲエの音楽が聞こえてきている。そんな海辺の町を想像していたから。

レゲエの代わりに聞こえてくるのはバイクや車の騒音ばかり。すぐ下を通る曲がりくねった道はなんでも走りの名所であるらしく、時折聞こえてくる悲鳴じみたタイヤのスリップ音はそのたびに私の心を不安にさせてくる。

「海辺の町」と言うより「漁港町」と言った方が適当だと思う。私たちの新居——借家——はそんな漁港町の中にある。一体どれがそうなのか、どの辺りにあるのか、まだちゃんと把握できていないけど。

「どうした？　なにか面白いものでも見つけたか？」

そう後方より声を掛けられ振り返る。くすんだ白の建物を背にこちらへと歩み寄ってくるお父さん。その頭にはタオルが巻かれていて、着ているTシャツは汗を吸って薄く地図を浮かせている。

とてもじゃないけど喫茶店のマスターには見えない。まぁ、今は古びたお店の整理中だから仕方がないのだけど。

「ううん」

私は首を横に振る。

「なんでもないよ。ちょっとぼぅーっと見てただけ」

「そうか」

お父さんは私のそばまでやってきて足を止めると、ついさっきまで私がしていたみたいに景色を眺め始めた。私はそんなお父さんの横顔をじぃーっと見やり、なんだか知らない人みたい、なんて思った。

平日はワイシャツにネクタイを結んで背広を着込み、休日は年相応の落ち着いた身なりでいる。そんなどちらかと言えば地味な方だったお父さんは、今や無精ヒゲなんかまで生やしていてまるで別人みたいだ。

前の落ち着いた感じのお父さんも別に嫌いじゃなかったけど、今のカッコいい感じのお父さんの方が私としては好みだったりする。どこか活《い》き活きしているように見えるし。

「どうした？」

私の視線に気付いたみたいで、お父さんはこちらを見やり聞いてきた。

「うん。なんだかお父さん、活き活きしてるなって思って」

私はそう正直に答える。するとお父さんは小さく笑った。

「まぁ、夢だったからな」

そう言って、お父さんは再び遠い景色を眺める。そして語り始めた。

「定年後に、って考えてた頃もあった。けど、それってどうなんだろうって。本当にやりたいんだったら今すぐやるべきじゃないのか。定年後とか明日からとか次とか今度とか、いまできていないやつがどうしてできると思うのか。できるわけがない。その頃にはもう俺は熱をなくしてしまっていると思う。だから踏み切った。まだ熱があるうちに」

ある言葉に落ち込む私を余所《よそ》に、お父さんはさらに続ける。

「お母さんの実家がこっちにある。そんな理由もあってここを選んだ。まぁ、愛娘《まなむすめ》は完全に蚊帳《かや》の外《そと》だったけど」

そう言って、お父さんはこちらを見てくる。

「嫌だったか？」

「え？」

「転校することになって嫌だったか？」

「ううん。全然嫌じゃない」

私はそう正直に答える。嫌なはずがない。むしろ嬉《うれ》しかったくらいだ。だって、あの地獄から逃れられたのだから。

するとその時、砂利を踏み付ける音が聞こえてきた。その方へと振り返ってみると、そこには坂を上ってきた車が一台あり、その運転席にはお母さんの姿があった。

「ちょっとあっちで休憩しよう。お母さんに飲み物を買ってきてもらったから」

お父さんはそう私に言って、買い出しから戻ってきたお母さんの許へと歩み寄っていく。

そのあとを私は少し遅れてついて歩く。

そんなこんなでスタートした私たちの新天地での生活。……ううん、違う。私はまだスタートラインに立っていない。明日から転校先の高校に通うことになる。そこが私のスタートラインだ。

――いまできていないやつがどうしてできると思うのか。できるわけがない。

お父さんのその言葉はズキリと来るものがあった。向こうの学校で失敗した私は、今度もまた失敗しちゃうのかなって……。けど、私は決意する。

もういじめられたくない。もう失敗したくない。だから、もう誰にも逆らわない。友達だっていらない。たった一度断っただけで関係がひっくり返ってしまう友達なんていう危険なものは私には必要ない。

そう自分に強く言い聞かせる。私はもう失敗しない――。

※※※

真新しいセーラー服を身に纏《まと》い、そんな私の心臓はドキドキと落ち着かない。黒板を背に立っている私のことを注視してくる数多《あまた》の目。こういう見世物みたいなのはやっぱり苦手だ……。

私の隣に立っている担任の西川《にしかわ》先生は、今日からクラスメイトになる二年二組の生徒たちに私のことを紹介してくれている。お母さんが関西出身なので私にとって関西弁はそれほど珍しい言葉じゃない。けど、こんなに忙しい関西弁は初めて聞く。

まるで目の前に透明の台本でもあるかのように、西川先生は休むことなく口を動かし続けている。口から先に生まれたような人というのはこういう人のことを言うのかな。

「――ちゅーわけや。みんな追川《おいかわ》さんと仲良ぉーしたってなぁー」

ずっと続いていた私の紹介がようやく終わり、私はほっと安堵《あんど》した心持ちになった。やっとこの見世物から解放される。そんなふうに思って気を抜いたわけだけど、そんな心の安らぎは束《つか》の間《ま》のものでしかなかった。

「なんやそれ！　先生しか喋《しゃべ》ってへんやんけ！」

「ほんまや！　なに一人で悦ってんねん！　ええカッコすんな！」

「そっちの子ぉーにも喋らしたりぃーや。ぜんぶ先生が喋ってもうたけど」

「それな。転校生の見せ場、奪ったんなって」

「まぁまぁ、みんなあんまし先生のことイジったんなや。自分が担任してるクラスに転校生が来て浮かれてんねん。ほら見てみ。髪切ってきてるやん。新しいスーツ着てきてるやん。どっちが転校生か分からんくらいピッカピカやん」

「分かるわ！　あんなおっさん転校生がおってたまるか！」

どっ！　と沸いた笑い声で教室が揺れる。ワーワーキャーキャー、みんな好き勝手に盛り上がっている。

「それもそうやな。悪い悪い。追川さんの見せ場、完璧に忘れてもうてたわ」

「そこは絶対に忘れたらアカンとこやろ！　なにしてんねん、たかし」

「なに呼び捨てしてんねん！　ワシは年上やぞ！　さん付けせんかい！」

「たかしさん」

「おっ、どないした？」

「変わり身はやッ！」

……依然として盛り上がる、ううん、崩壊している教室内。

テレビとかネット動画で見たことがある。生徒たちが教師に反抗して従わず、教室内は荒れに荒れ、二人乗りをしたバイクが廊下を暴走して窓ガラスを割って回る。あの学級崩壊……学校崩壊……。

とんでもない学校に来てしまった……。

そうしてしばしの時間が流れて、騒がしかった教室内はようやく静かになった。するとそれを待っていたかのように、

「ほんなら追川さん、みんなに自己紹介したって」

そう西川先生が言ってきた。

「……はい」

私はそう応じてクラスメイトたちに一礼し、みんなに背を向け手に取った白チョークで黒板に自分の名前を記していく。そうしてそれが見えるように横へと移動し振り返り、私はスカートをギュッと握って意を決して口を開いた。

追川めぐし

「東京の高校から転校してきました、追川めざしと言います。一日も早くみなさんと仲良くなりたいと思っています。よろしくお願いします」

そんな自己紹介をなんとか言い終え、私は笑みを作って取り繕う。

ちょっと早口だったかも……。声もちょっと上ずっちゃったし……。足の震えはバレてないかな……。

みんなの拍手を耳にしながら、私はそんな心配ばかりしてしまう。

これをネタにいじめられたらどうしよう……。

一限目の授業が終わった。授業の方はなんとかなりそう。転校による支障は今のところないと言っていい。そんなふうに思いながら教科書やノートを片付けていると、こちらへと近付いてくる女の子の足が視界の隅の方に映り込んできた。

途端に緊張が走る。まだ私に用があると決まったわけじゃない……。そう自分に言い聞かせながらその方に意識を集中させていると、小麦色に焼けたその足は私の席のところまでやってきて歩みを止めた。どうやら私に用があるらしい……。

今朝の自己紹介のことでなにか言われるのかな……。

そう不安に思いながら、私はおずおずと顔を持ち上げる。すると次の瞬間、「ダンッ！」と机を叩《たた》かれ驚いた。

飛び上がりそうになった勢いそのまま、私は刹那の速度で彼女の方へと顔を向ける。ひどく強張《こわば》っているだろう私のそれとはえらく違い、その子の顔はどこか興奮しているようでいてまっすぐな目で私のことを見返してきている。

「めざしって名前、あれほんまなん？」

そう声を掛けてきたその子は恐らく私と同じくらい、もしかすると小柄な私よりもさらに小柄な女の子だった。髪は涼しげなショートカット。花でも果物でもなさそうなオレンジ色の飾りが付いたヘアピンで前髪をピン留めし、綺麗《きれい》なおでこを露《あらわ》にさせている。

「……はい」

私は気後れしつつも微笑《ほほえ》んで答える。すると彼女は、

「ほんまに？」

やや声のテンションを上げて確かめるように聞き返してきた。

「はい」

「ほんまのほんまに？」

「はい」

「嘘《うそ》やなくて？」

「はい」

「偽名やなくて？」

「はい」

私は困惑しつつも笑みを崩さず同じ返事を繰り返す。この子は一体なにが言いたいのかな……。

「で、名字が追川やんね？」

「はい」

私は引き続き微笑んで答える。これは一体いつまで続くんだろう……。そんなふうに思っていると、

「これは運命やでッ！　めざしちゃんッ！」

「ひぃっ！」

突然その子に手を握られ、私は思わず悲鳴を零《こぼ》してしまった。

私の目の前には前のめりになったキラキラ輝く顔がある。そんな煌《きら》めく彼女の目は私のことをドキドキさせてくる。

「転校してきて早々、また変なのに目ぇ付けられてもうたなぁー」

「あんましビビらせたらんとき。転校生、引いてもうてるやん」

周りにいるクラスメイトたちが口々に、私に対する同情の言葉を投げ掛けてくる。すると目の前の彼女はムッとした顔付きに変わり、

「変ちゃうし。ビビらせてへんし」

周囲の声にそう反論し、再びこちらを見やるとニコリと微笑んできた。

「なぁ？　めざしちゃん」

「……はい」

私は笑みを作ってそう答える。本当はビクビクだけど……。

「ほら見てみぃーや。ビビってへんって言うてるやん」

彼女はそう言って、クラスメイトたちに自分の無実を主張する。対して言われた彼女たちは呆《あき》れただけだった。

「そんなもん、あんたがそう言わしてるだけやん」

「ほんまやで。いきなり知らんやつにそんなこと言われて、『ビビってます』なんて言えるわけないやん。もうちょっとお手柔らかにやなぁー」

「そんなことあらへんよ。私は普通に聞いただけや」

そう言って握っていた私の手から手を離すと、キーキーキャーキャー、言い争いを始める彼女たち。なんだかケンカの様相を呈してきた。

早く止めないと……。

そう焦りを覚えるも、こんな私に彼女たちを止められるはずもなく……。代わりに誰か止めてくれる子はいないかと教室内を見回すも、こちらの様子に目をくれている子は誰一人いない。こんな近くでケンカが勃発しているというのに、他のクラスメイトたちはまるで見えていないというように自分たちの休み時間を楽しんでいる。止めなくて大丈夫なの……？

「もうええわ。私のこと、なんやと思てんねん」

そう不満げに言って、彼女は私の席の方へと歩み戻ってくる。そうして場の空気を改めるよう一つ咳払《せきばら》いをすると、

「これは必然なんや」

真剣な顔でそう言って、けどすぐに笑みを浮かべて嬉しげに続ける。

「あんたの名前が追川めざし。で、私の名前が白木須椎羅《しろぎすしいら》。な？　おんなじやろ？　私らは一緒やねん」

私はどうにも答えようがない。同じ？　一緒？

「普通こんなことあり得へんで。映画かドラマか、ううん違う、もう運命としか思われへん。私らは出会うべくして出会ったんや。ノンフィクションなんや」

……やっぱり分からない。嬉々《きき》として話す彼女はえらく興奮しているようだけど、その思いは少しも私に伝わってこない。

「な？　めざしちゃんもそう思うやろ？」

前のめりになって聞いてくる。

「な？」

嬉しそうに聞いてくる。

「……はい」

なに一つ分からないくせに、私はそう笑みを作って同意する。なんだか水を差すのも怖いし……。

そんな私の返事を受けて、目の前の彼女は白い歯を剝《む》き嬉しげに笑った。

※※※

「にしても、なかなか珍しい名前やな。めざしって」

果たして私に言ったのか、はたまた独り言だったのか。彼女は口へと運んだ卵焼きを頰《ほお》張《ば》りながらその目は宙を向いている。

背中を隠す綺麗なロングヘアに、水色フレームのお洒落《しゃれ》な眼鏡。どこか落ち着き払った大人の印象を感じさせる彼女はクラスメイトの汐見凪《しおみなぎ》さんだ。子供っぽさ全開の白木須さんとは随分と雰囲気の違う女の子で、白木須さんとは家が近くて幼馴染《おさななじ》みでもあるらしく、そんな二人の家は私と同じくあの漁港町の中にあるらしい。

ハムスターよろしく口いっぱいにお弁当を詰め込んでいる白木須さんは、「うんうん」と頷《うなず》きながら汐見さんのことを数回指差す。そうして咀嚼《そしゃく》速度が速くなったかと思うと、辛そうな顔になりながらも口の中のそれらを飲み込み口を開いた。

「やろ？　レアやで、レア。ＳＳレア。ほんま可愛《かわい》い名前」

やっぱり辛かったらしい。白木須さんの目には薄く涙が滲《にじ》んでいる。

今はお昼休みのお弁当どき。どうしてか私は一限目終わりに話したばかりの――と言っても、話していたのは彼女ばかりだったけど――白木須さん、そして彼女の友達である汐見さんとお昼を共にしている。席をくっ付けて一緒にお弁当とか……。あまり友達みたいな関係は作りたくないというのが正直なところ。けど、誘いを断るのはそれ以上に無理だった。

「で、どうすんの？　まぁ、聞くまでもないやろうけど」

汐見さんは白木須さんに問い掛けて、その返事を待たずにそうあとを続けた。

「そらそうよ」

白木須さんはニヤリと笑ってそう答える。どうやら汐見さんの察しは合っていたみたい。

すると汐見さんは訝《いぶか》るようにレンズの奥の目を細くさせて、

「ちゃんと本人に確認したんか？」

なにかを見透かしたようにそう聞いた。対して白木須さんは「え？」と間の抜けた声を零す。

「まだやけど？」

「アカンやん」

間もなにもなかった。そんな汐見さんの刹那の返しに、白木須さんはばつが悪そうに苦笑いを浮かべる。

「大丈夫やって。ほんま凪ちゃんは心配性――」

「なにがやねん」

「……え？」

「なにが大丈夫やねん」

汐見さんはそう厳しい言葉を投げ付ける。まるで子供を叱り付けるお母さんみたいに白木須さんのことをキッと見据える汐見さん。そして白木須さんもまた、お母さんに叱り付けられている子供みたいにその表情を強張らせている。

「前の学校じゃ、なんの部活にも入ってなかったって……」

「ふーん。で？」

「特に入る予定の部活もないって……」

「ふーん。で？」

「やから……」

か細い声でそう言って、白木須さんは助けを求めるようにこちらを見てくる。その様子はまるで雨に打たれる捨てられた子犬みたいで……。

「……そ、そうですね。私なら平気ですよ」

私はそう言って、白木須さんに助け船を出してあげた。

さっきまでの二人のやり取りを見ていれば、彼女たちがなんの話をしているのかはおおよそのところ察することができる。

恐らく私を自分たちが所属している部活に入れようとしているんだと思う。

あまりに強引が過ぎる白木須さん。そんな彼女のことを汐見さんが咎《とが》めている。そんなところだと思う。

正直言って、そんなものは断りたい思いでいっぱいだ。あまり友達みたいな関係は作らない。それが人間関係で失敗しない最良の手段なのだから。

けど、私は同意した。同意させられてしまった。だって、あんな目……。あんなうるうるした小動物めいた目を向けられてしまったら、どんな人でも同意するに違いない。……まぁ、断るなんて選択肢は私には最初からないのだけど。

まるでしおれていた花が水をもらったみたいに、白木須さんはヒマワリのような眩《まぶ》しい笑みを顔いっぱいに開かせる。

「やんねぇー。そうやんねぇー」

そう嬉々として言う白木須さんは本当に子犬みたいで、実際にはそんなことはしていないのだけど、嬉しそうに尻尾を振っている彼女の姿が見えたような気がした。

「ほら、言うたやろ？　私だっていろいろ考えてんねん」

形勢逆転だと言わんばかりに、白木須さんはそう汐見さんに言ってみせる。対して言われた彼女は納得がいかない様子でこちらを見てくるも、そんな無言の問い掛けに私は笑みを返しておいた。

そのあとも汐見さんは怪訝《けげん》そうな顔を続けていたけど、

「まぁええわ」

彼女はそう溜息《ためいき》交じりに呟《つぶや》いて、

「あとで後悔しても知らんからな」

そんな気になることを言ってみせた。

「私はあんたのためを思って」

これも気になる言葉だ。私のため？　後悔？　え？

「そんなんするわけないやん。ってか、私がさせへんし」

汐見さんに続いて、白木須さんがそんな宣言をしてみせる。

「ほんまにめっちゃ楽しいから。やから安心して。ね？　めざしちゃん」

そんな笑顔で言われても……。一度湧いた不安はどうにも消えてくれない。

私はなにも分からないのに同意した。白木須さんに助け船を出した。だって、そうするしかなかったから。

もういじめられたくない。もう失敗したくない。だから、もう誰にも逆らわない。そう決めたのだから。けど、後悔とか言われてしまうと……。

「……それで、私はなにを？」

私は聞いた。聞かずにはいられなかった。

断るなんて選択肢はない。ただ、知っておきたかった。これから自分が巻き込まれるのだろうなにか、後悔するかもしれないなにか、それが一体なんなのか。それくらいのことはちゃんと把握しておきたかった。

そんな私の思いなどどこ吹く風で、白木須さんはニヤリと口の端を持ち上げる。その顔はまるで「待ってました」と言わんばかりだ。

「なにって、アングラやん」

「アングラ？」

「うん。アングラ」

分からない私に対し、白木須さんはそんな分からない返事を繰り返す。「うん。アングラ」と言われても……。

アングラ……。私はそう考えを巡らせる。

アングラ……アンダーグラウンド……地下……地下競売……黒服のお兄さん……乱れ降るお札の雨……賭博……暴力……薬物……犯罪……闇……ざわざわ……。

私は背筋に寒気を覚えた。それって、かなりヤバいやつなんじゃ……。

私はおそるおそる白木須さんへと目を向ける。彼女は相変わらずの幼顔《おさながお》でニコニコ微笑んでいる。

人は見かけによらないと言うけど、あまりによらな過ぎている。こんな中学生でも小学生でも通りそうな可愛い見かけの女の子が、実は闇の世界の住人だったなんて……。

――あとで後悔しても知らんからな。

汐見さんのあの言葉が脳裏に響き渡る。ブワッと嫌な汗が噴き出してきた。

「あんた今、ドえらい妄想してるやろ」

不意に投げ掛けられたその言葉に、私はようやく我に返る。そうしてその声の方へと目を向けてみると、そこには呆《あき》れたような顔をした汐見さんの姿があった。

「一つ教えといたる。そんなことは一切ないから」

「……え？」

私はしばしそのまま固まって、それと気付いて慌てて作り笑顔を貼り付ける。

どうやら汐見さんに心の中を覗《のぞ》き見《み》られてしまったみたい。けど、どうやって？　そんなの決まっている。私がそんな顔をしていたのだ。汐見さんにそう思わせてしまうような顔を。気を付けなくちゃ……。

汐見さんは溜息をつく。そうして彼女は眉間に薄く皺《しわ》を寄せ、白木須さんのことを厳しく見やった。

「椎羅。もうその辺にしといたり。後悔させへんとか偉そうなこと抜かしといて、早速思っきし後悔させとるやんけ」

「えー？　なにがよぉー」

白木須さんがふざけた態度で言う。それに対し汐見さんは、

「なにがよぉー、ちゃうわ。キショいねん」

相も変わらず手厳しかった。

「はよ、ほんまの意味教えたり。追川がビビってるやん」

「えー。もうネタばらしとか、ちょっと早くない？」

「早ない」

「早いじゃん？」

「早ない」

「ちょっ、待てよ！」

「はよ言えカス！　どつき回すぞ！」

そんな汐見さんの暴言は、関係ないはずの私までをもビクリとさせる。

彼女たち二人が仲が良いことは見ていれば分かるし、そうなる方向に汐見さんのことを刺激したのは白木須さんの方だ。けど、どつき回すぞ！　って……。さすがに言い過ぎだ

と思う。

私は心配に思って白木須さんの様子を見やる。すると彼女は、

「やぁーん。凪ちゃんってば、こーわーいー」

傷付いているかと思いきや、相も変わらずふざけていた。

「うっさい黙れ。あんまふざけとったらマジでしばくぞ」

「ひぇっ……」

「ええからもう。やめろて」

そう言って、疲れ果てたというように溜息をつく汐見さん。すると白木須さんは満足したように小さく笑い、

「はいはい。分かりましたよぉー」

そうあとを続けて、次いでこちらへと目を向けてきた。


「めざしちゃん！　釣りしよ！」


そうして彼女の口から飛び出してきたのは、そんなよく分からない言葉だった。

「……はい？　釣り？」

私はそう思わず聞く。すると白木須さんは嬉しそうに「うん。釣り」と答え、続けてな

にやら話し始めた。

「アングラっていうのは、アングラーの略、釣り人って意味な。な？　捻《ひね》りが利いてて面白いやろ？　私が考えたんやで。上手《うま》いやろ？　カッコええやろ？　めざしちゃんはなんか勘違いしてたみたいやけど、なんちゃらグラノーラとは全然関係あらへんから。あれはあれで美味《おい》しいねんけど」

いえ。私は決して牛乳をかけて食べるあれと勘違いしていたわけではありません。

「ぐりとぐらも無関係やで」

はい。分かってます。

あれこれとよく分からないことを言ってくる白木須さん。けど、分かったこともある。

どうやら白木須さんの言うアングラとは、アンダーグラウンドの略ではなくて、アングラーの略であるらしい。で、私は魚釣りをする？　ということ？

そんな足りていない私の理解に補足をするみたいに、

「私ら海釣り同好会やってんねん。女の子だけの同好会で、会の名前はアングラ女子会。メンバーはめざしちゃんを入れて計四人。これからよろしくな」

そう言って、こちらへと手を差し出してくる白木須さん。私は一瞬躊躇《ためら》ってしまったのだけど、

「はい。よろしくお願いします」

そう微笑《ほほえ》んで言って、差し出された彼女の手を握り返した。

どうしてこんなことになってしまったのか。なぜか私は魚釣りをすることになってしまった。大丈夫なのかな。魚釣りなんて一度もやったことがないけど……。

「じゃあ、今日の放課後、私んち行こっか。思い立ったが吉日って言うし」

白木須さんはどんどん話を進めていく。対して私はここでも笑って、

「はい」

そう同意するしかなかった。


私の前を走る二台の自転車。狭い路側帯の中を一列に、私たちの走らせる自転車は白木須さんの家へと向かっている最中だ。

少し失敗してしまった自己紹介から始まった転校初日。けど、そのあとはそれなりに上手くやれたんじゃないかなと思う。最初はとんでもない学校に来てしまったと思いもしたけど、どうやら私の思い過ごしだったみたいだし。

今日一日で何人か声を掛けてくれた子がいたけど、波風が立たないようにちゃんと応対できたと思う。まぁ、相手がどう思っているかは分からないけど……。

そんな私はよく分からないうちに、海釣り同好会というものに入会することになってしまった。なんて名前だっけ？　アングラ女子会？　確かそんな名前だったと思う。

あんまり友達みたいな関係は作りたくなかったんだけどな……。けど、断るのも無理だったし……。近付き過ぎないように気を付けていれば問題ないかな……。

ビックリする速度で距離を詰めてくる白木須さんと、なんだか言葉と視線が怖い汐見さん。二人とも個性的と言うかなんと言うか、正直言うと私があまり得意じゃないタイプの子たちだ。急に手を握ってきたり、心の中を覗き見てきたり……。

そういえば私を入れて四人と言っていたっけ。あと一人はどんな子なんだろう？　物静かな子だったらいいのだけど……。

子供めいた幼い背中と、ロングの髪の毛がなびく大人な背中。そんな私の前を行く二つの背中は道なりから脇道へとその進行方向を変える。

私も同じくハンドルを切ってそのあとに続く。ようやく自宅のある漁港町へと帰ってきた。

私たちは石畳の坂を下っていく。この漁港町の中に家があるということは、白木須さんの家に到着するのは時間の問題ということになる。そんなふうに思うと途端に気持ちが重くなった。

部屋に通されて、お菓子や紅茶をご馳走《ちそう》になって、ワイワイと楽しくお話をする。

それはなんの変哲もない放課後のひと時に過ぎないのかもしれない。けど、私にとってのそれは地雷原を歩くようなもので、なにか気に障ることをしてしまったらと考えてしまうと……。

　そんな重い心持ちで白木須さんたちのあとをついていっていると、石畳の坂は終わりを告げ、それからややあって私たちはある場所へと入っていって自転車を停めた。

　私はわけが分からず首を捻ってその建物を見つめている。するとそんな私のことを置き去りに、白木須さんたちは早々にそちらへと歩いていってしまう。そうしてそのまま中へと入っていってしまった。

　一人取り残された私は「それ」へと視線を戻す。そうしてややあって、あっ、とようやく理解することができた。

　白木須釣具店。入口戸の上に掲げられている看板にそんな文字が記されている。確かにここは白木須さんの家……お店？　であるらしい。

　どことなく趣のある平屋の建物で、入口戸のガラス面には墨色の魚の写し——なんて言うんだっけ？　あれ——が貼り付けられていて、店先に設置された掲示板らしきコーナーにはなにやら案内が貼り出されている。

「なにしてん？　はよ来ぃや」

　ついその場に立ち尽くしていた私は、開いた入口戸の向こう側にいる汐見さんにそう声を掛けられ我に返った。

「はっ、はい！」

私は慌ててカバンを手に取り肩に掛け、小走りに汐見さんたちの待つお店の中へと入っていく。……そこは、なんとも不思議な空間だった。

コンビニなんかより全然狭い。中の様子はまるで昭和時代の駄菓子屋さんみたい——といっても、それほど昭和時代に詳しいわけではないし、駄菓子屋さんにだって行ったことはないのだけど——で、ところ狭しと多くの商品が並べられている。黄色とかオレンジ色のものが妙に目立つ。あとは、バケツ？　とか、鉄？　とか、そんな感じのものがいろいろ……。

ＢＧＭの代わりに聞こえてくるのは、どこか聞き覚えのある関西弁、そんなラジオの音声がどこからともなく聞こえてきている。そしてその音声に被《かぶ》さるように聞こえてくるのは、ブーン、というなにかを震わせているような振動音。これは一体なんの音だろう？

「めざしちゃん」

そう声を掛けられ、私はその方へと顔を向ける。そこには手招きをしてきている白木須さんの姿があって、私はそれに応じて彼女の許へと歩み寄っていった。

「はい」

そう言って、なにかを差し出してくる白木須さん。私ははてと思いながらそれを受け取る。そして、まじまじと目をくれてみた。

黒地に赤の彩りが施された艶のあるそれ。これが一体なんなのか、魚釣りをやったことがない私でもさすがに分かる。ちょっとしたずっしり感がある。これは、あれだ。

「釣《つ》り竿《ざお》、ですか？」

「うん。めざしちゃんのロッドね」

「私の……」

私は手に持ったそれへと目を落とす。いきなりそんなことを言われても当然ながらピンと来ない。だって、これが一体どういうものなのか、どう使うものなのか、私はなに一つ分からないのだから。

「それ一本あったらなんとかなるから」

そう言って、白木須さんはあとを続ける。

「釣りの道具なんていうのは切りがないほどいっぱいあって、釣りの種類によってロッドからなにからぜーんぶ変わってくる。磯竿とか、投げ竿とか、メバリングロッドとか、エギングロッドとか、ロッドだけでもめちゃめちゃ種類がある。けど、そんなもん全部いちいち揃《そろ》えてられへんやん？　アホみたいにお金がかかってまうから」

釣具屋さんの娘がそんな発言をしてもいいのかな。白木須さんはそんな事実に気付いていないのか、白木須家の生活を支えている商売のことを軽くディスってみせた。

「で、そのロッドな」

白木須さんはさらに続ける。

「それはルアー釣り用のロッドになんねんけど、それ一本あったら大抵の釣りは楽しめるから安心してもらって大丈夫やで。私が前につこてたやつ。それ、めざしちゃんにあげるわ。ちょっと古い型になるけど強度の方は問題ないで。あっ、そうそう。リールはスピニングな。そっちの方が使いやすいから」

そう活《い》き活《い》きと話す白木須さん。そんな彼女を見ていて、本当に魚釣りが好きなんだな、と私は思った。そして、今になってようやく気付く。白木須さんの前髪をピン留めしているあのヘアピン、あれは魚の形をしているのだと。……って、お礼を言わなきゃ。

「ありがとうございます。こんな高価なものをいただいてしまって」

私はそうお礼を言う。これがいくらするものなのかは分からない。けど、決して安いものではないと思う。

「ええよ別に、気にせんで」

白木須さんは軽い調子で言う。

「たったの一億兆万円やから」

「え？」

私は思わず固まってしまう。一億兆万円？　たぶん冗談だと思うけど……。

「どうしても払いたいって言うんやったら払ってもらってもええけどね。二十回払いまで大丈夫やで？」

白木須さんはそう続けて言ってくる。一億兆万円の二十回払い……。果たして一回にいくら払うことになるんだろう。ちょっとすぐには計算できない。

やっぱり一億兆万円というのは冗談だったらしく、けど一万円くらいはするものらしくて、一気に「ゼロ」の数が減ったといっても高価なものには変わりない。私は改めて白木須さんにお礼を言った。

「にしても、えらい準備ええやん。店に置いてたん？　そのロッド」

「ううん。学校おる時にお母さんに連絡して、家から持ってきてくれるようにお願いしててん」

「ふーん。そういうのだけは頭が回るんやな」

「そうそう。そういうのだけは、ってなんでやねん」

なんだか漫才みたいなやり取りをする白木須さんと汐見さん。どうやら私の知らないうちに白木須さんはいろいろと動いてくれていたみたい。

「じゃあ、行こっか」

白木須さんがこちらを見やり言ってくる。

「行く、ですか？」

「うん」

私の問いにそう答え、白木須さんはあとを続ける。

「ロッドも手に入れたことやし、はよ釣り行こ」

私は思わず呆気《あっけ》に取られてしまう。魚釣りに？　今から？　え？

ぽかんと立ち尽くす私のことを置き去りに、白木須さんと汐見さんはなにやら話を進めている。どうやら本当に今から魚釣りに行くみたい。

私は手に持っている釣り竿へと目を落とし、そうして再び彼女たちへと目を向ける。

ほんとに……？

それは私の正直な感想だった。

※※※

魚釣りに行く──。

私にとってそれは遊園地に行くだとか、ピクニックに行くだとか、そういった類いの休日レジャーの一つだという認識だった。なんと言うか、もっとこう大掛かりというか大ごとというか……。

つまり白木須さんが言うみたいに、ちょっと帰りにマック──関西はマクドだっけ──寄っていかない？　みたいな軽いノリで行けてしまうものではないということ。十分な物的準備と心的準備が必要。そんな認識だった。

けど、そんな私の認識は彼女たちによって容易に覆された。

そう。私はいま魚釣りをしに来ている。あの日に高台から見た灰色の道、あの波止の上に今まさに立っているのだ。ほんの数十分前まで教室にいたはずなのに。

どこからともなく聞こえてくる鳥の鳴き声は遠く、静かで弱い波の音が私の心を不安にさせてくる。なんだかさっきから地面が揺れているような気がする。気のせいだったらいいのだけど……。

「……しちゃん」

微《かす》かに聞こえた誰かの声。そんな声を聞き流して灰色の地面に目をくれていると、突然なにかに手を握られ私は我に返った。私の手を握っていたのは白木須さんだった。

「大丈夫？　具合悪いとか？」

「……あっ、いえ。大丈夫です」

そう言って、私は笑みを作って取り繕う。すると白木須さんはニコリと笑い、

「そう。なら、あの灯台のところでいろいろ準備していこか」

そうして私たちは波止の先の方にある、赤い建造物の足元へと移動していった。

「じゃあ、まずはタックルの準備からやね」

そう白木須さんが言ってくる。タックル？　私はそう疑問に思った。

私はタックルなんてものは持っていない。持っているのは釣り竿……ロッドと、スピな

んとかっていうリールだけだ。持っていないものの準備なんてできない。……いや、もしかしたら道具のことではないのかも。

タックル。ラグビーとかアメフトとかで、相手に飛びかかったり組み付いたりするあれのこと？　魚釣りってそんなにハードなの？

そう一人恐々と思っていると、

「タックルっていうのは、ロッドとかリールとか、釣り道具全般のことを指してそう言うんや。つまりな、釣りする準備をしましょうね、ちゅーことや。分かった？」

問うてもいないのに汐見さんは、そう私の疑問に的確な答えをくれた。

「もう。私が教えたげようと思ってたのに」

白木須さんが不満げに文句を言う。それに対し汐見さんは、

「あんたはいちいちめんどいねん」

そう厳しい言葉を投げ返した。

「なら最初からスッと言えや。なに追川の反応待っててんねん。質問させてドヤ顔したいだけやろが。しょーもない」

「んなことあらへんよ」

「ならなんでスッと言わへんねん」

「そっちのがええ感じやからに決まってるやん」

「やからそういうことやんけ。そういうのがめんどいって――」

「ごっつええ感じやからに決まってるやん」

「言い直さんでええねん。そういうのは一発で決めろや。しょーもない」

「しょーもなくないわ！」

そんな彼女たちの言葉の応酬を、私はハラハラしながら見ていることしかできない。

私のことで言い争いを始めた二人。その議題はいつしか「しょーもないか、しょーもなくないか」に変わってしまっている。私の記憶が正しければ「私に教えたかった白木須さん」が事の発端だったはずだけど……。

そのあとも言い争いを続けた二人はどうしてそうなったのか、「シュークリームはカスタードか、生クリームか」などという論戦を繰り広げたのち、「どっちも入っているのが神」という結論に行き着きようやく終戦を迎えたようだった。

「じゃあ、まずはロッドを繋《つな》げて。輪っかがおんなじ位置に来るように」

ついさっきまで汐見さんと言い争っていたはずの白木須さん。そんな彼女が次にはけろりとした顔でそんなことを言うものだから、私は思わずキョトンとなり、けどすぐにハッとなって彼女の指示に「はい！」と答えた。

二つに分解されたロッドを言われた通りに繋ぎ合わせて、次いで出される白木須さんの指示にオロオロしながらもタックルの準備を進めていく。

リールのベールという部分を起こして糸をフリーにさせ、リールに巻かれている薄黄色の糸をロッドの輪っかに通していって、全ての輪っかに通し終えると適量の糸を引き出してからベールを戻して糸の出を止める。

そこまでを言われた通りに慎重に進めて、私はおずおずと白木須さんの顔色を窺《うかが》ってみる。大丈夫かな……。

「オッケー。じゃあ、次は仕掛けを作っていこか」

どうやら問題なかったらしい。私はほっと安堵《あんど》の息をついた。

白木須さんは背負っていたリュックを地面に下ろして灯台の足元にある石段に腰を下ろすと、探ったリュックの中からお弁当箱ほどのケースと透明色の糸が巻かれた丸いなにかを取り出した。そうして彼女は仕切られたケースの中から小物をいくつか摘み取り、一メートルほどに切断した透明色の糸といっしょにこちらに差し出してきた。

私はそれらを受け取る。するとそこから白木須さんによる講義が始まった。

二つの輪っかがある銀色のやつがサルカンで、黒色の管みたいなのがゴム管で、穴の通った鉄球みたいなのが中通しオモリで、平仮名の「し」みたいな形をした先端が尖《とが》っているやつが釣り針で、透明色の糸はハリスといって……。

本当に申し訳ないと思う。白木須さんはそんなやっつけな解説はしていない。もっといろいろ詳しく解説をしてくれた。それぞれが担っている役割だとか、クッションだとか、何号だとか、そんな感じのことをいろいろ……。

けど、無理だった。私の理解力ではあれが限界だった。

私は再び指示されるがままに、道糸と言うらしい竿先から出ている糸を中通しオモリの穴に通し、ゴム管を通し、そうしてサルカンの一方の輪っかに道糸をキツく結び付ける。中通しオモリが道糸を伝ってスルスル滑り、間に挟んだゴム管が中通しオモリとサルカンの結び目の緩衝材になっているのがよく分かる。なるほど。さっき白木須さんが言っていたクッションとはこのことみたい。

引き続き、私は白木須さんの指示に従い仕掛けを作っていく。サルカンのもう一方の輪っかにハリスを結び付け、残ったハリスの先に釣り針を結び付ける。

穴の空いていない針には困惑させられた。針というと私の場合、裁縫道具の針をイメージしてしまうものだから、穴もないのにどうやって結ぶのかと疑問に思った。

白木須さんが教えてくれたのは、外掛け結び、という結び方だった。

まず初めにハリスを数センチ余らせた状態で輪っかを作り、その輪っかに針を添えて余らせたハリスをくるくると五回ほど巻き付けていき、最後に残ったハリスを輪っかに通してグッとキツく締め上げる。そんな外掛け結びにより、穴の空いていない針は案外簡単に結び付けることができた。

「うん。オッケー。じゃあ、ガンガン釣っていこ」

私お手製の仕掛けに合格点をくれた白木須さんは、小物ケースとハリスをリュックの中にしまい込み、次いで足元に下ろしていたビニール袋の中へと手を突っ込んだ。

「はい」

そう言って、取り出したなにかをこちらへと差し出してくる彼女。白木須釣具店を出た時にはすでに手にぶら下げていたそれ。一体なんなんだろう？

そんなふうに思いながらそれへと手を伸ばしかけた私は、

「ひゃっ！」

次にはそんな悲鳴を零《こぼ》して身を竦《すく》めていた。

私は堪《たま》らず一歩二歩と後ずさる。これは決して白木須さんから距離を取ったわけじゃない。あの簡易ケースの中にいる、なにか、と距離を取ったのだ。

白木須さんが差し出してきている簡易ケース。輪ゴムで封がされたそのケースの中には木屑《きくず》のようなものが大量に収められていて、私はこの目で確かに見た、そんな木屑を持ち上げ動いたなにかの存在を。

「どうしたん？」

白木須さんはぽかんとした顔で聞いてくる。どうしたん？　って……。

「……なんなんですか、それ」

私は恐る恐る聞いてみる。すると白木須さんは、

「なにって、エサやけど？」

そう当然のように答えてみせた。

エサ……。そ、そうですか。エサですか……。

私はなんとか口だけは笑みの形をさせて、一歩、二歩と、それとの距離を少しずつ詰めていく。そうしてエサが入っているらしいケースを恐る恐る受け取った。

なんだか底のところがひんやりしている。私はなにか嫌な予感を覚えつつも、ケースを持ち上げ下からそぉーっと覗《のぞ》き込《こ》んでみる。――その瞬間、私はゾッと怖気《おぞけ》を覚えた。

悲鳴を上げなかったこと、ケースを投げ捨てなかったこと、それは本当に奇跡だったと思う。そう思えてしまうほど、私の両目が捉えたそれは私のキャパシティを軽くオーバーしていた。

赤っぽかったり、緑っぽかったり、それはミミズのようで、ムカデのようで……。

とにかくそんな感じの恐ろしく気持ちの悪いなにかが、ケースの底のところでグネグネと蠢《うごめ》いている。それも、かなりの数が……。

私は一度、ケースを下ろして聞いてみる。

「えーと……これは？」

「うん。イシゴカイやね」

またしても当然のように答える白木須さん。イシゴカイ……。

「ぶっこみ釣りやと、そのイシゴカイがベターなエサやね」

ぶっこみ釣り？　なんですか、それ。って今、ベターなエサって言いました？　どこがですか！　めちゃくちゃハードですよ！

「じゃあ、それ針につけてみよか」

早速そんなふうに簡単に言われて、私はただただ唖然《あぜん》と固まっている他ない。

「針は頭の方から刺していってな。で、針の曲がりに合わせてクイッて通してやる」

透明の針とエサを使って、白木須さんは針にエサをつけるお手本を披露してくれている。けど、ごめんなさい。少しも頭に入ってきません……。

針にエサをつける。それも魚釣りにおける重要な作業だったりするのだろうけど、そんな恐ろしいこと……、それに針につける以前にあんなおぞましいものに触れるはずがないわけで……。

「で、針に通し終えたら、ええくらいの長さでブチッと千切る」

ひぃいいいいい――ッ！

私は堪らず震え上がる。無理無理無理ッ！　絶対無理ッ！

「そのままの長さやと、アタリがあってもなかなか針に乗らんからね」

乗らなくていいですッ！　全然乗らなくて大丈夫ですッ！

「じゃあ、とりあえずやってみよか」

「……」

私は手に持っているエサのケースへと目を落とす。

あのミミズみたいなのに触る？　千切る？　素手で？　私が？　あり得ない……。

――あとで後悔しても知らんからな。

汐見さんのあの言葉が脳裏に響き渡る。まさかこんなことになるなんて……。

触るなんて絶対に無理。その上、千切るだなんて……。そんなのできるわけがない。

……けど、そんなことは口が裂けても言えない。

触るしかない。千切るしかない。言われた通りにするしかない。だって、断るなんて選択肢は私にはないのだから……。

そう思いつつもなかなか決意できずにいると、

「もう椎羅がつけたったらええやん」

そう助け船を出してくれたのは汐見さんだった。

「追川はゴカイにビビっててんねん」

「え？　そうなん？」

白木須さんは驚いたように言う。すると汐見さんはチラリとこちらを見やり、

「たぶんな。めっちゃ嫌そうな顔してたし」

そんな汐見さんの言葉にドキリとさせられる。……またやってしまっていたみたい。本

当に気を付けなくちゃ。特に汐見さんがいる時は。

「ほんまに？」

「ほんまに」

「凪ちゃんの誤解やなくて？」

「誤解やなくて」

「めざしちゃんはゴカイが苦手なん？」

「たぶんな」

「ほんまに？」

「ほんまに」

「誤解やなくて？」

「誤解やなくて」

「ゴカイやのに？」

「ゴカイやのに」

白木須さんたちはそんなオウム返しなやり取りを繰り広げる。そうして汐見さんの助言通り、エサは白木須さんがつけてくれるということで収まりを見せた。本当に良かった……。

「すみません。ミミズとかそういうの、本当にダメで……」

私はそう感謝の気持ちを伝える。すると汐見さんは小さく微笑《ほほえ》み、

「そんなん気にせんでええよ。それが普通やねんから。私らが特殊やねん」

そう優しい言葉を掛けてくれた。

「まぁ正直言うて、私もあんまし得意やないしな、虫エサって」

「そうなんですか？」

「うん。ビジュアルの時点でかなりあれやし、あれに触るってなったら、なぁ？　慣れてへんとなかなかキツいで」

「ですよね……」

それを聞いて私は少し安心した。やっぱり彼女たちも女の子なんだ。あんなものに平気で触れるはずがないんだ。

「椎羅はどうなん？　って、いま思っきし触ってるけど」

「うーん。せやねぇー。私もあんまし得意と違うかな。釣れるから別にええねんけど」

「せやなぁー。釣れるからなぁー」

「うん。釣れるからねぇー」

「……」

安心したのも束《つか》の間《ま》、私はそれを聞いて言葉をなくした。

なんでも彼女たちは魚が釣れるという理由であれに触れるらしいのだ。信じられない……。あれに触るくらいなら私は釣れなくて全然いい。

あまり得意じゃないと言っていた割に、白木須さんは慣れた手付きで容赦なくブチッとやっている。そうして千切ったエサの余りをノールックで海へとポイと放り捨てた。

「はい。これで準備オッケーやで」

そう言って、白木須さんはこちらへとロッドを差し出してくる。私は一つお礼を言ってそれを受け取る。いよいよ魚釣りの開始だ。

そうして私はロッドを手に海を前にするも、けどそこから先が進まない。たぶん、エサのついた仕掛けを海中に沈めるのだと思う。けど、そのやり方が分からない……。

「あっ、ごめんごめん。まだ教えてへんかったね、キャストのやり方。ちょっとそのまま待ってて」

そう後方から白木須さんが言ってくる。対して私は肩越しに振り返って「はい」と答える。彼女はウェットティッシュで手を拭いているところだった。

私は海へと向き直る。そうして白木須さんのことを待っていると、

「ひゃっ！」

私は思わずそんな悲鳴を零して身を竦めた。

「じゃあ早速、キャストのやり方やけど」

白木須さんは何事もないかのようにキャストというもののレッスンを開始する。対して私の心臓はドキドキと落ち着かない。だって……。

白木須さんはまるで後ろからハグするみたいに私と体を密着させて、後ろから回してきた手で私の手をギュッと握ってきている。

「まずはリールを巻いて仕掛けをええくらいのところまで巻き上げる」

そう言いながら、握った私の手を動かしてそのように促してくる白木須さん。依然として胸のドキドキが止まらない。

「で、次にロッドを持ってる方の手の人差し指にこうやって糸を引っ掛けて、もう片方の手でベールを起こして糸をフリーにさせる」

そう言いながら、握った私の手を動かしてそのように促してくる白木須さん。彼女は実に真剣そのもの。けど、この密着具合はさすがに……。背中にかいた汗に気付かれないかと、私はもう気が気じゃない。

「で、この状態で軽く後ろに振りかぶって海へとビュッとキャストする。キャストの瞬間にこの人差し指を離したら糸が出ていくから。あとは仕掛けが海の底に着くのを確認したらベールを戻して糸の出を止めて、魚のアタリが来るのをじっと待つ。そんな感じ」

そう言って、ようやく体を離してくれる白木須さん。私はもうぐったりだ……。

「じゃあ、ガンガン釣っていこ。魚たちがめざしちゃんのことを待ってるで」

「はい……」

私はなんとか笑みを作ってそう答えるも、やっぱり得意じゃない……。笑顔でいる白木須さんのことを見やりながら私は心底そう思った。


「釣れへんなぁー」

「釣れへんねぇー」

「ぴくりともせーへんなぁー」

「せーへんねぇー」

「海はこんなに穏やかやのに」

「竿先《さおさき》も穏やかやねぇー」

「おっ、上手《うま》いこと言うやん、たまには」

「ずっと言うてるでぇー。三百六十六日言うてるでぇー」

「なんでうるう年やねん」

「うるうの気分やってん」

「ふーん。まぁ、分からんでもないけど」

「分からんとってぇー。うるうの気分とかないから。ってか、なんやねん、うるうの気分って」

「知るか。あんたが言い出したんやろ」

「ってか、うるう、ってなんなん？」

「知らん。ググレカス」

「ググレカスってさ、くぐれます、に聞こえへん？」

「聞こえへん」

「くぐれますって、一体なにをくぐれるんやろね」

「やから知らんて」

「そうなん？　凪ちゃんは、くぐれません、なん？」

「……。そうそう、くぐれませんねん。わて、くぐれませんねん」

「ふーん」

「すかすなや。せっかく乗ったったのに」

「ってか、すかす、ってさぁー」

「もうええわ」

……後方から気の抜けたやり取りが聞こえてきている。そんな彼女たちの言葉の一つひとつがグサグサと私の背中に突き刺さってくる。

私は手に持ったロッドを海へと向けて糸を垂らしているも、その意識は竿先でも魚でもなくて後方の彼女たちにばかり向かってしまっている。なにも悪いことなんてしていないのに心が落ち着かない。そんな私の竿先は相変わらず微動だにしない。静かな波の音だけが辺りに虚《むな》しく漂っている。

「試しに一回上げてみたらぁー？」

そう後方より声を掛けられ、私はおずおずとその方へと振り返る。そうしてその光景を目にした私はギクリと肝を冷やした。

二人は灯台の足元にある石段に並んで腰を下ろしていて、白木須さんは退屈そうに空を見上げていて、声を掛けてきた汐見さんに至ってはポチポチとスマートフォンの操作に勤《いそ》しんでいる有様だった。

「もしかしたら釣れてるかも分からんでぇー」

汐見さんはスマートフォンの画面に目を向けたまま、なにやら文字を打ち込みつつそんなことを言ってくる。

「え？　けど、そんな感じは全然……」

「やから、試しに、やって。そういうこともあんねん」

「……分かりました」

汐見さんの助言には正直納得いかなかったけど、私は言われた通りにリールを巻き巻き、海中に沈めていた仕掛けを巻き上げてみた。

やっぱり魚は釣れていなかった。けど、どういうわけか綺麗さっぱりエサがなくなってしまっていた。

「あー。取られてもうてるなぁー」

白木須さんが気の抜けた声で言った。

「そら釣れんわなぁー」

同じような調子で汐見さんが言った。

「エサつけたげるから、こっち持ってきて」

そんなふうに言われて、私はとぼとぼと白木須さんの許へと歩み寄っていく。おかしいな。なにも感じなかったけど……。

「フグやね」

「フグやな」

針に新しいエサをつけてくれながら、白木須さんと汐見さんはなにやら納得したようにそう言った。

「フグ？」

そう私は聞く。私の頭の中には、提灯《ちょうちん》のフグとか、フグ刺しとか、フグ鍋なんかが浮かんでいる。あのフグが一体どうしたんだろう？

「うん。あいつら盗みの常習犯やねん」

白木須さんはイシゴカイをブチッと千切ってあとを続ける。

「ヘリコプターみたいにホバリングして近付いてきて、ちょんちょん、って啄《ついば》んでエサだけ綺麗に食べてまう。やからさっきみたいに――」

「そんな高級魚が釣れるんですか？」

なにやら話していた白木須さんのことを押しのける形で、私はつい気になってしまってそんな質問をしてみた。すると白木須さんと汐見さんは顔を見合わせて、ぶっ、と二人して吹き出し笑い始めた。

「高級魚って、マジで言うてんの？」

「めざしちゃん、それ東京で流行《はや》ってるギャグなん？」

「やっぱ東京ってすごいな。マジ卍《まんじ》やん」

「ほんまほんま。マジ卍過ぎてエモ過ぎンゴ」

なにがそんなに面白いのか。私はわけが分からず一人ぽかんとしていると、白木須さんは笑いながらある方を指差し「あれ」と言った。

私はその方へと目を向ける。なにやら波止の上に小さななにかがころがっている。あれが一体どうしたんだろう。

「高級もクソもあらへんよ。あんなのただの嫌われもんのエサ取りやで。たぶん毒だって持ってるやろうし、売れへんし、食べられもせーへん」

白木須さん曰《いわ》く、どうやらあの小石みたいなのがフグらしい。

私は少し見てみたくなってその方へと足を向かわせて、そうして真上からそれのことを見下ろしてみる。

人生で初めて見る、映像でも写真でもないフグの姿。それは全然膨らんでいなくて、からっからに干からび死んでいた。

「たまに針に乗って釣れることがあんねんけど、エサ取られた腹いせにそうやって干物の刑に処されてしまうねん。可哀想《かわいそう》やから私はせーへんけど」

干物の刑……。私にはそれがひどく嫌なことのように思えて、しばしその亡骸《なきがら》のことを無言のままに見下ろし続けた。


ピンポンパンポン、ピンポンパンポン――。

軽やかなメロディーが漁港町に鳴り響き、放送機器を介した幼声《おさなごえ》があとに続く。

「もう六時になりましたので、おうちに帰って勉強や家のお手伝いなどをしましょう」

そんな地元の小学生による帰宅を促す放送が流れ始め、遠い空に浮かぶ太陽は完熟色をしていて滲《にじ》み出《だ》した果汁よろしく空を茜色《あかねいろ》に染めている。

「放送もああ言うてることやし、私らもそろそろ引き上げよっか」

「せやな。じゃあ、追川」

「は、はい」

「作った仕掛けバラしていこか。オモリとかは椎羅に返したって。あと、糸は全回収な。釣りをやるもん、ゴミは持ち帰らんと絶対にアカン」

「はい……」

私はそう力なく答えて、リールを巻いて海中に沈めていた仕掛けを巻き上げていく。思わず溜息《ためいき》が零れた。

あのあとも何度となくエサ取りに見舞われて、そのたびに白木須さんにエサをつけ直してもらったのだけど、私は結局なにも釣り上げることができなかった。

釣れなかったことに対する悔しさはほとんどない。ただ、嫌な気分にさせちゃいないかなって……。

あんなに指導をしてくれて、エサだってつけてくれて、白木須さんたちは本当に長い時間を私に費やしてくれた。私なんかのために。けど、そんな彼女たちの思いに私は応えることができなかった。

そんな私を彼女たちはどう思っただろう。

ダメなやつだと思われていたらどうしよう……。いじめてやろうと思われていたらどうしよう……。

そんな重い心持ちでリールをゆるゆる巻いていると、

「ん？」

それを目にした私の首は横方向へと傾いた。海中から巻き上げてきた仕掛けの末端に、なにやら赤いなにかがくっ付いていていた。

ゴミか海藻かな？

そんなふうに思って再び仕掛けを巻き上げていく。すると次の瞬間、

「白木須さん！　汐見さん！」

私は柄にもなく大声を上げて二人のことを呼んだのだった。

ゴミか海藻かと思っていたそれには目があった。どうやら私は魚を釣ったらしかった。

体色は深い赤色。なんだかトゲトゲしている感じで、立派な背ビレはどこかモヒカンを思わせる。例えるなら、北斗の拳に出てくるモブキャラみたいな……。つまり、あまり素手で触っていい感じの魚じゃない、というのが私の正直な感想だったりする。ひどく毒々しいビジュアルの魚だ。

「あっ！　触ったらアカンで！」

こちらへとやってきた白木須さんが声を上げる。

「そいつ毒持ってるから！」

やっぱりそうらしい。思った通り、この魚は毒魚みたいだ。なんとなくだけどモヒカン背ビレが危なそうに思う。

「背ビレに毒があんねんて。刺されたらめっちゃ痛いらしいで。知らんけど」

遅れてやってきた汐見さんがあとを続ける。やっぱり背ビレが危ないらしい。知らないらしいけど。

　白木須さんの解説によると、あの魚はハオコゼという名前の毒魚であるらしい。波止釣りの外道――狙い以外の魚のことを言うらしい――としてポピュラーな魚で、毒のある背ビレを取り除けば食べることも可能らしい。手間と危険性、あと食べられる部分の少なさから、ほとんどは食べられることなくリリース――逃がしてあげること――されるらしいけど。もちろん私もリリースすることを選択した。

　針からは白木須さんが外してくれた。トングみたいな道具を使って毒魚を摑《つか》み、クイックイッと針から外してポイと海へと放って逃がす手際の良さ。その様子は毒魚を相手にしているとはとても思えない堂々としたものだった。

　タックルを片付けて帰宅の途《と》につく私たち。なんとか一匹は釣り上げることができて本当に良かった。それが危険な毒魚であったとしても。

　そうして私たちは波止から下りて、併設された駐車場へと進んでいく。するとそこで、私はふとその存在に気付いたのだった。

　なにやら物凄《ものすご》い勢いでこちらへと迫ってきている一台の自転車。それを走らせているのはどうやら女の子みたいで、私たちが着ているものと同じタイプのセーラー服を身に纏《まと》っている。

　前のめりの立《た》ち漕《こ》ぎで、その自転車はどんどん迫ってくる。――そして、私は堪《たま》らず悲鳴を零《こぼ》して身を竦《すく》めた。

甲高いブレーキ音を辺りに響かせ、私を目前にして急停止した暴走自転車。そうして降りてきた女の子はひどく息を切らしていて、次いでギロリと睨《にら》み付《つ》けてきた彼女に私は再びビクリとさせられた。

そんな彼女は次いで汐見さんへとその目を向け、

「汐見ッ！」

そう声を荒らげて鋭く言った。

「新入会員ってどういうことや。ウチはなんも聞いてへんぞ」

その子は鋭い目付きであとを続ける。それに対し汐見さんは、

「教えたったやん。さっきＬＩＮＥで」

その軽い彼女の言葉は、その子の怒りの火に油を注いだ。

「そうやない！　事後やのうて事前に伺い立てろ言うとんねん！」

……相当お怒りの様子。緑のリボンで飾ったツインテールは、まるで主人の感情に共鳴する生き物みたいに言葉のたびにぴょこぴょこ動いている。

「はぁ？　なんでそんなことせなアカンねん。アホちゃうか」

「誰がアホじゃ！　お前、なんか勘違いしてへんか？」

「なにがやねん」

「ウチがナンバーツーやぞ」

「あっそう。で、それが？」

バチバチと火花を散らす二人。どうやら彼女も海釣り同好会の関係者、ううん、ナンバーツーであるらしい。そして、そんなナンバーツーの彼女は全くと言っていいほど私の入会を歓迎していないみたい……。

私は恐々としながら白木須さんの方を見やるも、彼女は二人のことを止める素振りを一切見せず、それどころか余裕綽々《よゆうしゃくしゃく》というように微笑んでさえいる。

「なにがじゃ」

「はぁ？」

「なにが、それが？　じゃ。ナンバーツー様に伺い立てんで、なに勝手なこと――」

「やからナンバーワン様が許可してんねん。会長の白木須椎羅様がな。ってか、椎羅が勧誘したんや。文句があんねやったら私やのうて椎羅に言えや」

そう汐見さんが言い放つと、その子は途端に静かになった。と思いきや、今度は白木須さんへと迫っていくツインテールの彼女。

次は白木須さんとやり合うつもり？

そう恐ろしく思って見ていると、

「なんでなんですかぁー。椎羅さぁーん」

……え？　思わずそう零しかけた。ついさっきまで暴言を撒《ま》き散《ち》らしていた彼女の口から飛び出してきたのは、そんな一切のトゲがない甘えた声だった。

「ウチだけハミ子ですかぁー」

「ごめんごめん。今日はあくまで慣らしのつもりやったから。明里《あかり》ちゃんにもあとでちゃんと紹介するつもりやったよ」

「……それでも、声は掛けてほしかったです」

「うん。ごめんね。はい、よしよし」

そう言って、白木須さんは彼女の頭を優しく撫《な》でてあげている。ナンバーツーらしい彼女もそれを受け入れている様子で、一体なにがどうなっているのか……。と言うか、これは見ていてもいい光景なのかな。とりあえず目は伏せていよう。

転校生であること、同じクラスであること、魚釣りの経験はないこと、その他諸々《もろもろ》……。白木須さんはそんな私についてを彼女に話す。そして、ムスッとした顔でこちらを見てきている彼女についても白木須さんが紹介してくれた。

間詰《まづめ》明里さん。私たちと同じ高校に通う同学年で、アングラ女子会の副会長であるらしい。なるほど。確かにナンバーツーだ。会長の白木須さんと副会長の間詰さん。その二人が同好会の立ち上げメンバー。意外なことに、汐見さんは発足後に参加したらしい。

緑のリボンで飾ったツインテールを頭に生やし、つり目からは気の強さがありありと見て取れる。分かりやすく犬に例えるとするなら、白木須さんが豆柴《まめしば》で、汐見さんがハスキーなら、間詰さんは野犬っぽい感じ。なんだかガブリと噛《か》み付かれそうな……。ごめんなさい。ちょっと失礼過ぎました。

彼女がどういう子なのか現時点ではまだよく分からない。けど、私のことを良く思っていないだろうことは容易に察することができる。「よろしく」なんて言ってくれてはいるけど、明らかに言わされた「よろしく」なわけで……。初対面から随分と嫌われてしまった……。

「でな、明里ちゃん。その子の名前やねんけど、これがまたすごいんやで」

重い心持ちでいる私とは対照的に、白木須さんはそんな軽い調子で話し始める。そういえば名前がまだだったっけ。確かに珍しい名前だとは思うけど、そんなにハードルを上げることでもないような……。

そんな私の思いとは正反対に白木須さんはしばし焦らしたのち、

「なにを隠そう！　追川めざし、って言うんやで！」

まるでサプライズであるかのように、そう私の名前を明かしてみせた。

「な？　すごいやろ？　私とおんなじキラキラネームやねん」

白木須さんは嬉しそうにあとを続ける。キラキラネーム？　私はそう疑問に思った。

キラキラネーム。一時期テレビなどで取り上げられた、珍しくてキラキラしている名前を指した用語だ。それくらいは知っている。けど、分からない。

白木須椎羅。確かに珍しくてキラキラしている。どこか上品さもあって、とっても素敵な名前だと思う。

対して、私はどうか。

追川めざし。確かに珍しい名前だとは思う。けど、キラキラしているとはとても思えない。どちらかと言えば地味な方だ。平仮名だし。

「おい。追川めざし」

「はっ、はい！」

一人あれこれと考えていたところに、そう間詰さんに声を掛けられ私の背筋はピンと伸びた。彼女は鋭い目付きでこちらを見据えてきている。

「めざしってなんや」

「なんや？　……えーと、私の名前ですけど」

「そうやない。ウチはめざしの意味を聞いとんねん」

「意味、ですか？　うーん。ちょっと両親に聞いてみないと」

「はぁ？　なんやそれ。あぁ、知らんのか。ならええわ。ウチが教えたる」

間詰さんはそんなことを言う。どうして彼女が私の名前に込められた意味を知っているのか。私が知らないというのに。

「めざしは干物の一種や。イワシを干して作った加工食品の名前や」

次いで彼女はそんなよく分からないことを言ってくる。干物？　イワシ？　え？　そんな理解が追い付かない私のことを置き去りに、

「つまりそういうことなんです。そいつの名前は魚やないんです。やから全然キラキラネームと違うんです」

間詰さんはそう白木須さんに主張する。やっぱりさっぱり分からない。

「え？　めざしは魚やで」

対して白木須さんは反論する。

「だって私、何回も食べたことあるもん。こんくらいのちっちゃい魚やで」

白木須さんは親指と人差し指を使ってそれのサイズ感を示してみせる。なるほど。少し話が見えてきた。

「いや、やから違くて――」

そう反論を始める間詰さん。そんな彼女に笑みはない。

「めざしっていうのは加工後の名前なんです。あれの正体は実はイワシ。つまり、めざしなんていう魚はこの世に存在せーへんのです。分かりやすく言うと、めざしはハンバーグみたいなもんなんです」

……ハンバーグ。分かったような、よく分からないような……。一つ確実に言えることは、分かりやすくは決してないということ。

「ハンバーグ？　どういうこと？」

ほら。やっぱりそうなる。

「めざしとハンバーグは別もんやで」

つい頷《うなず》いてしまいそうになるほど、白木須さんのその指摘はあまりに的を射ている。

「いや、やから——」

間詰さんは取り乱した様子でそこまで言うと、しばし沈黙、そうして彼女は真剣な顔付きに変わっておもむろに口を開いた。

「分かりました。なら、これならどうです？」

落ち着いた調子でそう言って、間詰さんは白木須さんとの問答を再開させる。

「例えばここに、鈴木かまぼこ、ってやつがおったとします」

「うん」

「そいつの名前はキラキラネームですか？」

「違うよ」

「なんでですか？」

「だって、かまぼこは魚と違うやん。かまぼこはかまぼこやん」

「ですよね？　なら、鈴木ちくわ、ってやつならどうです？」

「違うよ」

「じゃあ、鈴木フィレオフィッシュ、ってやつは？」

「おっ、なんかハーフっぽいね。泳ぐの得意そう」

「キラキラネームですか？」

「え？」

「そいつの名前はキラキラネームですか？」

「なんて名前やっけ？」

「鈴木フィレオフィッシュです。そいつの名前はキラキラネームですか？」

「違うよ」

「ですよね？　ちくわはちくわですよね？」

「うん」

「フィレオフィッシュはフィレオフィッシュですよね？」

「そらそうよ」

そんな白木須さんの同意を受けて、間詰さんは安堵《あんど》したように表情を緩ませる。そうして彼女は最後の仕上げというように、

「つまりウチが言いたいのはそういうことなんです。めざしはめざしであって、魚とは違うんです」

「えー？　めざしは魚やで」

安堵の表情が途端に真顔へと変わる。けど間詰さんは諦めずに、またあの問答を再開させた。

間詰さんの言いたいことは、まぁ、分からなくもない。めざしは加工品名であって魚の名前ではない。恐らくそんなふうなことを言いたいのだと思う。

見たことはないけど、めざしという食べ物がこの世に存在しているみたい。そこまでは理解した。けど、どうしてそんなことで熱くなれるのかが分からない。

魚？　加工品？　そんなのどっちでもいいのでは？

そう私は思うのだけど。

「めざしなんて名前、どこがキラキラしてるんですか！　カッスカスでしょ、あんなもん！」

間詰さんが反論の声を上げる。私はその言葉に思わずムッとなった。

彼女はきっと加工品のめざしを指してそう言ったのだろうけど、その名前を持つ身としては言われて気分のいいものではないし、名前を付けてくれた私の両親にも失礼だし、もっと言うとめざしの加工業者さんにも失礼だ。

「アカンで、明里ちゃん。めざしちゃんに失礼やろ」

「……すみません」

「私やのうて、めざしちゃんに謝り」

「……はい」

そう力なく言って、間詰さんはこちらへと体を向けてくる。そして、

「ごめん……」

そう伏し目がちに謝罪してきた。

しおらしく変わった間詰さんに私は少し驚きつつもニコリと微笑《ほほえ》み、

「気にしてないですから」

伏し目がちでいる彼女に向けて私はそう嘘《うそ》を返した。

「好きなように言っていただいて大丈夫ですよ。と言うか、めざしって干物だったんですね。今まで知りませんでした。教えてくださりありがとうございます。ふふっ。確かにカスカスですよね。干物ですし」

私はそう笑って言って、白木須さんに咎《とが》められた間詰さんのことを気遣ってあげる。

これで少しは良い印象を持ってもらえたかな？

そう期待して間詰さんが顔を上げるのを待っていると、伏し目がちな状態から持ち上がった彼女の顔はなぜか怪訝《けげん》そうだった。

あとでこっそり汐見さんに聞かされたのだけど、白木須さんたちが言っていたキラキラネームとは周知のそれではなくて、あれとは異なる意味を持った白木須さんの造語であるらしい。

キラキラとは太陽の光を浴びて光《ひか》り煌《きら》めく魚の鱗《うろこ》のことらしく、名字と名前が魚の名前である場合、キラキラネームになるとかなんとか。

白木須椎羅と追川めざし。

ネット検索で調べてみると、なるほど、そんな名前の魚の画像が表示された。

シロギス、シイラ、オイカワ、めざし——。

めざしについては間詰さんに聞かされていたから知っていたけど、まさか追川まで魚の名前だったなんて正直言って驚いた。

——な？　おんなじやろ？　私らは一緒やねん。

あの言葉の意味がようやく理解できた。確かに私と白木須さんは一緒だった。

夕焼け色の灯《あか》りの下、私は布団の中で今日のことを思い返す。本当にいろいろあった一日だった。

まさか転校初日に魚釣りをすることになるだなんて思いもしなかった。高価なロッドまでもらってしまって、断るなんて選択肢は最初からないのだけど、いよいよ退路を断たれた感がすごくある。

私が魚釣りなんて……。同好会活動なんて……。大丈夫なのかな。とても大丈夫とは思えないけど……。

——めっちゃ嫌そうな顔してたし。

汐見さんのあの言葉にはドキリとさせられた。結果的にイシゴカイから逃れられたので感謝と言えば感謝なのだけど、やっぱり汐見さんには気を付けないといけない、油断していると心の中を覗《のぞ》き見《み》られてしまうから。

白木須さんは相変わらず距離感がおかしい。突然あんなに体を密着させてきて……。完全に不意をつかれた私は思わず悲鳴を零《こぼ》してしまった。

白木須さんには本当にドキドキさせられてばかりだ。私はできるだけ距離を取っておきたいのに……。

そして、目付きと言葉が鋭い間詰さん。

話に聞いていた四人目の女の子。ううん、四人目は私か。白木須さんも汐見さんもあまり得意じゃないタイプの子たちだけど、間詰さんに至っては私が最も苦手にしているタイプの子だ。とにかく怖くて……。あと、あの顔……。

「好きなように言っていただいて大丈夫ですよ――」

私は間詰さんのことを思ってああ言ったのだけど、彼女はなぜか怪訝そうな顔をしていた。どうしてだろう？　……分からない。

白木須さんと汐見さんに対しては及第点だと思うけど、間詰さんに対してはどうやら失敗してしまったみたい……。大丈夫かな……。血の気が多そうな子だったけど……。

第二章　素直な目で見る世界

買ったソフトクリームを手に屋外に設置された階段を下りていく。ふと顔を上げると視線の先には広大な海があって、なんだかここ数日で一気に何年分かの海を見たように思う。

ここは道の駅という場所になる。駅と言っても改札はないし、線路もないし、時刻通りに電車が走ってくることもない。食事をするお店があったりコロッケやソフトクリームなんかが売られていて、分かりやすく言うとサービスエリアみたいな場所だ。野菜や魚がいっぱい売られていたりするけど。

登下校時に前を通っていた場所。そんな場所に今日は立ち寄ることになった。

「ちょっとソフトクリームでも食べていかへん？」

そう白木須《しろぎす》さんが提案してきたのだ。

先を進んでいく白木須さんと汐見《しおみ》さん。間詰《まづめ》さんは今日もいない。

家のある方向が私たちとは違うらしく、学校を出て少しすると彼女は違う方向へと帰っていった。もし今日のことが知られたら彼女はまた怒るかもしれない。

「釣り行くんやったら、ウチにも声掛けてくださいね」

そう念を押すように言っていたから。まぁ、これは魚釣りではないのだけど。

カランカラン――。

突然そんな鐘の音が聞こえてきた。

なんだろうとその方へと目を向けてみると、階段を下りて少ししたところにアーチ状のなにかが設置されていることに気付いた。それには鐘とその鐘を鳴らすための紐《ひも》が取り付けられていて、その通路に設置されたアーチの下を白木須さんたちがくぐった際に鳴ったか鳴らしたかした音のようだった。

私は階段を下りてそれへと歩み寄っていき、そうしてその目前で足を止めて観察してみる。なんでもそれは「幸せに鳴る鐘」というものらしかった。

鳴らせば鳴らした分だけ幸せになる鐘。そんな感じのものなのかな？

私はそんなアーチの下を鐘の音を鳴らさないよう気を付けてくぐり、再び現れた階段をとことこ下り、そうして白木須さんたちが座っている席のところまで歩いていって同じく腰を下ろした。

海を眺めながらソフトクリームを食べる放課後。そんなふうに言うと少し贅沢《ぜいたく》な時間のように聞こえるけど、今日はあいにくの曇り空、そんな曇った空を映し出したような暗い砂利浜と灰色の海ではとてもじゃないけど贅沢なんて言葉は使えない。けど、ソフトクリームは美味《おい》しい。

　なんでも塩を使っているらしくて、甘さの奥にほんのりとしょっぱい塩味を感じる。塩を使ったソフトクリームなんて初めてだったのでどうなることかと思ったけど、あとを引く味で甘くてしょっぱくて冷たくて美味しい。

　そんなふうに思いながらソフトクリームを味わっていると、

「めざしちゃん」

　そう白木須さんが声を掛けてきた。

　私はその方へと顔を向ける。そこには笑みを浮かべる白木須さんの姿があって、

「ちょっとひと口だけ交換せーへん？　私のトマトソフトと、めざしちゃんのしおかぜソフト」

　そんな彼女の手には、トマトの果汁で色付いたソフトクリームがある。ちょっと怖くて選べなかったそれ。けど、どんな味なのか興味がある。

「なんか見てたらそっちも食べたくなってもうて。嫌やったらええけど」

「いえ、嫌だなんて。私も少し気になってましたし、そのトマトソフト」

「そうなんや。じゃあ、交換しよ」

「はい」

　そうして私たちは互いのソフトクリームを交換する。塩を使ったソフトクリームに続い

て、これも初めてになるトマトの果汁を使ったソフトクリーム。一体どんな味がするんだろう？

白木須さんがひと口食べるのを待って、私は交換したトマトソフトをひと口いただく。口の中いっぱいにトマトが広がった。

しっかりトマトの味がするあっさりとした甘酸っぱいソフトクリーム。これも癖になる味ですごく美味しい。

「ありがとう。やっぱしこっちも美味しいね」

「はい。トマトも美味しかったです。ありがとうございます」

そう言って、私たちは交換していたソフトクリームを返す。そこで私はふと思った。

いつ以来だろう？　こういうの。

いつ以来どころか正直言って記憶にない。ソフトクリームを交換するとか。それってなんだか友達みたい……。

「えっ、どうしよう」

するとその時、白木須さんがなにやら言った。

私はその方へと目を向ける。白木須さんは手に持ったトマトソフトを見つめている。

「どうしたんですか？」

そう私は聞く。すると白木須さんはこちらを見やり、

「だってこれ、思っきし間接キスやん」

どこか困ったような口振りでそんなことを言ってきた。

「ほら、ここ見て。めざしちゃんが食べたとこ。ここ食べたら思っきし間接キスやん」

そう白木須さんはあとを続ける。間接キス……。

「なにが間接キスや。中学生みたいなこと言うて。アホちゃうか」

そう汐見さんが呆《あき》れたように言う。それに対し白木須さんは、

「だって、事実は事実やん」

そう汐見さんの言葉に反論した。

「ここにめざしちゃんの唇が触れたんやで。なら、ここに私の唇が触れたら思っきし間接キスやん」

「思っきしの意味が分からんけど。まぁ、どうでもええわ。お好きにどうぞ」

面倒臭くなったのか、汐見さんは早々に会話を終わらせる。彼女は海の方を見やりながらソフトクリームをひと口食べた。

「なんか恥ずいなぁー」

トマトソフトを見つめながらそう言って、白木須さんは私が食べたらしい部分をピンポイントにあむっと食べる。その瞬間、私はドキリとしてしまった。

こんなことを言うと、きっと汐見さんに呆れられてしまうと思う。けど、なんだか白木

須さんに唇を奪われてしまったみたいな……。中学生みたいかな……？

唇に付いたクリームを舌でなまめかしく拭い、そんな妙に色っぽく感じる彼女は次いでこちらを見てくる。

ここでもドキリとしてしまう私。そんな私に対し白木須さんは、

「めざしちゃんも食べたら？　はよ食べんと溶けてしまうで」

そう何事もなかったように言ってきた。

「……ははっ。はい」

私はそう笑って言って、自分のソフトクリームへと目を落とす。

間接キス……。

そんな言葉を聞かなかったら意識しなかったのに。このソフトクリームのどこかに白木須さんの唇が触れたのだと考えてしまうと、胸のドキドキが止まらないわけで……。けど、いつまでも躊躇《ためら》っているわけにはいかない。

間接キスを嫌がっていると思われたらそれこそことだ。私はついに心を決めてソフトクリームをひと口食べた。

冷たいものを食べているはずなのに、私の体はなんだか熱い……。

ソフトクリームを食べ終えた私たちは、前方に広がる海を無言のままに見つめている。

静かで弱い波の音はここでも私の心を不安にさせてくる。

あまり友達みたいな関係は作らない。

そう思っていたはずなのに、なんだかそんな関係に近付いていってしまっているような気がする。

なんだか友達みたい……。

ちょっとした気の迷いでそんなふうに思ってしまったけど、嬉しがっている場合じゃない。だって、友達なんていうのは一瞬にして悪魔に変わってしまうのだから……。

「なぁ、めざしちゃん」

そう白木須さんに声を掛けられ、暗い思考の中にいた私は瞬時に表へと引っ張り出された。白木須さんはなにやら笑みを浮かべてこちらを見てきている。対して私も同じように笑みを作った。

「はい」

私は何事もなかったようにそう応じる。すると白木須さんは、

「あっちの学校の友達の写真とか見せてよ」

そんな彼女の無邪気な言葉に、私はドキリとさせられた。

白木須さんはなにも悪くない。転校生に対して、それはなんの変哲もない至って普通の興味だと思う。

けど、やっぱり私は平静ではいられない。だって、私にとってそれは触れられたくないもので、誰にも知られたくない消し去りたい過去なのだから。

そう。汚点なのだから……。


「制服も見てみたいなぁー。どんなんやったん？」

白木須さんは気にせず聞いてくる。そこで私はハッとなった。

もしかしたら顔に出てしまっていたかもしれない。私はすぐさま笑みを作る。汐見さんに心の中を覗《のぞ》き見《み》られるその前に。

「はい。ブレザーでした」

「うわっ。めっちゃええやん」

「そうですか？」

「うん。なんかお洒落《しゃれ》な感じやし。それにブレザーってなかなか着る機会ないやん？　学校の制服か名球会に入る時くらいのもんやで。めっちゃレアな経験してるやん」

「そんなことないですよ。私はずっとブレザーでしたし。逆に今の制服がセーラー服デビューです。この制服だって素敵ですよ」

……こんな感じで大丈夫かな？　怖くて汐見さんの方を見ることはできないけど、ニコりと笑って応えておけば心の中を覗き見られることはないはず……。

「うーん。そうかなぁー。ってか、そんなことより写真写真」

白木須さんはそう言って会話を入り口へと戻す。

さっきは虚をつかれてドキリとさせられてしまったけど、今回は心の準備ができていたので平静も笑みも保っていられた。

「すみません。それはできないんです」

私はそう微笑《ほほえ》んで言う。これまで頑《かたく》なに断ることを避け続けてきたわけだけど、今回ばかりは仕方がない、だってそういった向こうでの記録はなにも残っていないのだから。

こっちに引っ越してくるのを機に新しくスマートフォンを買い替えた。電話番号も変更して、電話帳もアプリも写真もなに一つデータ移行させなかった。なので、見せられる写真は一枚もない。

そんな事実を白木須さんに伝えると、

「え？」

彼女はぽかんとした顔でそんな間の抜けた声を零《こぼ》した。

「どういうこと？」

そう続けて聞いてくる。私はそれに笑みを返した。

「いま話した通りです。本当になになにもないんです」

「いや、けど、引き継げるやん、そういうの」

「はい。自分の意思で引き継がなかっただけです」

「え？　なんで？　そういうのって残しておきたいもんと違うの？」

「うーん。そうですね。一般的にはそうかもしれないです。けど、私はあまりそういったものに執着しない性格みたいで。せっかく転校するなら心機一転、真っ白な状態からスタートしたいなって」

「うーん……。そういうもんなん？」

「はい」

「そっか。なら仕方ないね。めざしちゃんブレザーバージョンは諦めるわ」

「はい。すみません」

私はそう微笑んで応える。せっかく転校するなら心機一転、って。果たして口が上手《うま》いのか下手なのか。まぁ、納得してくれたみたいだけど。

白木須さんの疑問はもっともだと思う。私だってそう思うし。けど、仕方がなかった。あの子たちとの関係を完全に断ち切るにはそれが一番確実な方法だったから。

そう過ぎたことを一人思い返していると、

「あっ、そうや」

そう言って白木須さんは立ち上がり、こちらへと手を差し出してきた。

「行こ」

次いでそんなことを言ってくる。行こって、どこへ？

私は分からないままに同じく椅子から腰を上げる。そうして差し出された彼女の手の平に手を乗せてみると、そんな私の手はギュッと握られ次いでグッと強く引かれた。

「ちょっ、えっ、なんですか？」

「ええから行こ」

白木須さんはそう言って、戸惑う私の手を引きどこかへと歩いていく。

私たちは下りてきた階段を上っていく。そうしてアーチの下をくぐり抜けたところで、くるりと回って足を止めた。

そこにはあの「幸せに鳴る鐘」がある。そしてそのバックには、曇り色の海と空が遠く広がっている。

「この鐘いっしょに鳴らそ。めざしちゃんの新しいスタートが幸せなものになるように」

そう言って、ニコリと微笑んでくる白木須さん。そんな彼女の無垢《むく》な笑顔に、私は思わずドキリとさせられた。

「じゃあ、紐《ひも》持って」

「はっ、はい！」

そうして私と白木須さんは手を繋《つな》いだまま、もう片方の手で鐘を鳴らすための紐を互い

に摑む。そして準備が整うと白木須さんの「いっせーのーで！」の掛け声に合わせて、
カランカラン――。

鐘の音が高らかに響いた。その音は私の胸に強く深く沁《し》み渡《わた》り、一瞬、曇り色の風景が晴れ色に変わったように見えた。

そんな鐘の響きはすぅーっと海へと消えていく。静かで弱い波の音が再び聞こえるようになった。

私たちは紐から手を離す。そうしてしばし余韻に浸っていると、

「めっちゃ執着させたるから」

そう白木須さんがなにやら言ってきた。

「え？」

そう言って、私はその方へと目を向ける。彼女は笑みを浮かべてこちらを見てきている。

「執着せーへん性格って言うてたけど、私らにはめちゃめちゃ執着させたるから覚悟しときや。いっぱい釣りに行って、写真もいっぱい撮って、絶対に捨てられへん楽しい思い出いっぱい作ろね」

そう言って、白木須さんは白い歯を剝《む》きニカッと笑う。そんな彼女の言葉と笑顔は、私の胸の深いところをトクンと鳴らした。

※※※

凪《なぎ》はベッドに腰を下ろす。ぽかぽかと体の芯からあったかい。なんだかアイスに手を出したい気分になったが、お風呂上がりのアイスはあまり良くないらしい。それに、今日はもうアイスを食べてしまっている。

学校帰りにめざしたちとソフトクリームを食べてきた。アイスは一日一個まで。凪はそう決めている。我慢するしかない。

凪はベッドの上のスマートフォンへと手を伸ばす。そうしてそのままベッドの上にどたりと落ちた。なんとも間抜けな体勢。そんな体勢をそのままに、凪は目の前に持ってきたスマートフォンを無気力に操作する。

「やっぱし変やんなぁー、あいつ」

凪はそう独りごちる。あいつって誰？　そんな問いは聞こえてこない。凪は自室に一人でいる。聞こえてくるわけがない。

椎羅《しいら》も明里《あかり》も凪だって例外ではない。みんな変わったなにかを持っている。

そんなことは凪も承知している。だが、それでもやっぱり変だと思う。

追川《おいかわ》めざし。あいつは変だ。

凪とめざしは二日程度の付き合いでしかない。そんな短期間でしか知らないめざしのことを変だと決め付けるのはどうかと思うが、そんなたった二日の付き合いでしかないめざしのことを凪が変だと思う理由はあり過ぎるほどにある。

凪がまず引っ掛かりを覚えたのは、椎羅がめざしをアングラ女子会に入会させようとしていた場面だ。

めざしは自分がなにをすることになるか分からないのに椎羅の誘いを受け入れた。ただ、それについては同情の余地はある。転校してきてすぐに自分の意見を口にするのはなかなか難しいだろうから。ましてや東京から関西だ。その一件だけで変だと決め付けるのはさすがに心が狭過ぎる。

次に引っ掛かりを覚えたのは、イシゴカイの入ったエサのケースを椎羅がめざしに手渡した場面だ。

イシゴカイを針につけることを椎羅に求められて、めざしは教科書通りの怯《おび》え方《かた》をしていた。無理なら無理と言えばいい。嫌なら嫌と言えばいい。転校してきてすぐだからとか、そんなの関係ない。虫になんか触りたくない。その程度の意見は口にできるはずだ。だが、めざしはそうしなかった。触りたくないのに触ろうとしていた。

明里に名前を馬鹿にされた場面でも引っ掛かるものがあった。

めざしという自分の名前を「カッスカス」だのなんだのと馬鹿にされたというのに、めざしは「好きなように言っていただいて大丈夫です」みたいなことを言って笑っていた。あれには明里もなにか思うところがあるような顔をしていた。

そして、今日だ。めざしは言った。

引っ越しを機に新しくスマートフォンを買い替えた。電話番号も変更して、電話帳もアプリも写真もなに一つ自分の意思で引き継がなかった。自分はそういったものに執着しない性格。転校先では真っ白な状態からスタートしたいと思ったから。

聞く人によっては殊勝な心掛けだと応援してあげたりするのかもしれない。だが、凪はそうはならなかった。

向こうでなにかあったのか？　で、そんななにかから逃げてきたのか？　被害者側？　加害者側？　追川本人が当事者？　それとも追川の家族？

さすがにそこまで行くと憶測が過ぎるが、今日のめざしの発言は凪にそんな憶測をさせてしまう、実に不可解なものだった。

嫌なことにも嫌と言わない。あまりに不可解な過去の断捨離。無理に笑っているような不自然な笑み。どこか取り繕ったような態度。丁寧過ぎる言葉遣い。……挙げると切りがない。

そんなめざしのことを、凪はやっぱり変だと思う。変……違うな。なんだかなにかに怯えているような、他人と距離を取ろうとしているような……。

凪はそんなふうに思う。あくまで彼女の憶測だが、ここ数日のめざしの挙動を考えると凪はそうとしか思えない。

一体なにに怯えているのか。なぜ距離を取ろうとしているのか。向こうでのことが関係しているのか。

凪はしばしば考えてみるも答えは出ない。めざし本人に聞けば一番手っ取り早いのだろうが、さすがの凪もその手段は選べない。聞いても本当のことを話すわけがないし、それを聞くことでめざしを傷付けてしまうかもしれないから。

そんなふうにあれこれと考えながらツイッターのタイムラインを流し見していると、ふと凪は思い至り、タイムラインから検索画面へとその表示を切り替えた。

凪は検索ボックスに文字を打ち込んでいく。その文字とは「追川めざし」だ。

どうにも引っ掛かりを覚える転校生。だが、直接それを聞くのは憚《はばか》られる。そんな時に便利なのがＳＮＳだ。

新しくスマートフォンを買い替えて、電話番号も変更して、なに一つデータ移行させせなかった。そんなめざしがアカウントを残しているとは考えにくい。それに、めざしがツイッターをやっていたかどうかも定かではない。ツイッターは国民の義務ではないから。

そんなことは凪も承知している。ダメで元々。見つかったら儲《もう》けもの。その程度のアカウント検索だ。

凪は検索ボタンをタッチする。すると、彼女は「おっ」と声を零した。一件のアカウントが表示されたのだ。

アカウント名は追川めざし、アイコンは花火。

このアカウントがあのめざしのものかどうかは分からないが、凪はそれをタッチし、そのアカウントのツイートやらなんやらを確認してみることにした。

そうして、これは追川のアカウントで間違いない、凪はそう結論付けた。

椎羅が見たがっていたブレザーの制服を着ためざしだったり、友達と遊びに出掛けているめざしだったり。そんな向こうでのめざしの様子が収められた写真がつぶやきと共にツイートされていたから。

そんなめざしのアカウントは随分と前にツイートしたのを最後に停止している。本人曰《いわ》く、執着しない性格らしいので飽きてやめてしまったのかもしれない。

こんなもんか。そう凪は思った。

もっと変わったなにかが知れるかと思ったが、なんてことはなかった、めざしは向こうで普通に高校生をやっていた。転校してきてまだ間もない。変だのなんだのと判断するには時期尚早だったかもしれない。

そう反省して自分のタイムラインへと表示を切り替えようとした矢先、ふと凪の目がそれに留《と》まり、そのあまりに不可解な数字に彼女は「ん？」と不審に思った。

めざしの最後のツイート。その日あったことを記したに過ぎない内容のそれに、なぜか四桁もの大量のリプライが送られてきている。めざしのフォロワー数は五十人程度。ちょっと考えられない数だ。

凪はなにか嫌な予感を覚えつつもそのツイートをタッチする。そうして露《あらわ》になったそれらを目の当たりにし、

「なんやこれ……」

そんな唖然《あぜん》とした思いが口から零れた。

死ね、消えろ、ウザい、ゴミ、クズ……。それはさながら便所の落書きのよう。そんな醜悪なリプライがめざし宛に大量に送られてきている。

めざしの顔写真を切り抜いて作った雑コラ画像に、「#めざしにありがち」というハッシュタグを使った大喜利じみた誹謗中傷《ひぼうちゅうしょう》、さらにはめざしを隠し撮りした写真に下品な言葉を書き足したものまである。

そして、それらのリプライにめざしは返信をしている。「ごめんなさい」「ごめんなさい」「ごめんなさい」と。

そんな返信はある日を境に途絶えている。恐らくその日に全てを捨てたのだと凪は察する。だが、めざしへの誹謗中傷は依然として続いている。もの言わぬアカウントに。まるで死体蹴りのように。

追川は一体こいつらになにをしたのか。なにをしたらここまでの恨みを買うのか。

凪はそう怪訝《けげん》に思う。だが、分かったことがある。

ここ数日でめざしに感じていた引っ掛かり。その裏にはこんな重い事実が隠されていたのだと。

ぽかぽかとあったかかった凪の体は、いつしか熱をなくしている。

※※※

タックル一式、帽子、首掛けタオル、汚れてもいい服装（動きやすいもの）、汚れてもいい靴（歩きやすいもの）、補給用水分、おやつは三百円まで——。

そんな遠足のしおりみたいな持ち物指示の連絡があって、私はその指示通りにそんなふうな格好をして、少し早めのお昼ご飯を済ませて集合場所である白木須釣具店へと歩いて向かっている。

「次の日曜、釣りに行かへん？」

いつだったかお昼のお弁当を食べている最中、白木須さんが突然そんなことを言い出した。「映画観に行かない？」とか「服買いに行かない？」みたいなノリで。

さすがに二度目とあってそれほど驚きはしなかったけど、それでも彼女たちにとっての魚釣りとはそういったものなのだと再認識させられた。

そして、今日がその日曜日。前回のオリエンテーションに続いて、本格的に会へと参加するスタートの一日でもある。

針やオモリなどの道具はひと通り白木須さんが選んでくれて、魚釣りに行くことが決まってから今日までの間、糸の結びの練習を何度も何度も繰り返してきた。

その甲斐《かい》あって仕掛けの準備は一人でも難なく行えるようになった。さすがにあの三人にはまだまだ遠く及ばないだろうけど、もう白木須さんたちの手を煩わせることはないと思う。

天候は上々。ロッドを片手に、背中のリュックには魚釣りの道具とその他諸々《もろもろ》。そんな準備万端の態勢で白木須釣具店へと到着した私は、なんともわけが分からず、思わず歩く足を止めたのだった。

すでに店の前に集合していた三人の視線が一斉にこちらへと向けられる。私は堪《たま》らず身を竦める。そんな私に対し、

「おはよー、めざしちゃん。ジャージなんやね」

本日の第一声、そんな白木須さんの無邪気な言葉が私をグサリと貫いた。

「……はい」

私は精いっぱいに苦笑い、精いっぱいにそう答える。そうして彼女たちの許へと歩み寄

っていった私は、三人の身なりへと順々に目をやってみる。……どうしようもない羞恥の思いに耳がじんわりと熱くなった。

私はあの持ち物指示を思い返す。

タックル一式、帽子、首掛けタオル、汚れてもいい服装（動きやすいもの）、汚れてもいい靴（歩きやすいもの）、補給用水分、おやつは三百円まで――。

……だったはずでは？

上下を学校指定のネーム入りジャージで決め、靴は千円もしない激安スニーカー、帽子は柄なし白地の地味なもの。だって、汚れてもいい服装と聞いていたから……。

そんなダサダサルックでいる私とは雲泥の差で、先に集まっていた彼女たちは汚れてはいけないいっぽい服装をしてきている。頭のてっぺんから足の爪先まで、お洒落《しゃれ》で可愛く決まっている。……話が違う。

「なんや追川。お前、今から芋掘りにでも行くんか？　畑にロッドはいらんぞ」

「ははっ……」

「でっかいカマキリが歩いてきたんか思てビビってもうたわ」

「ははっ……」

上下を黄緑色で決めている私のことを揶揄《やゆ》してくる間詰さん。そんな彼女は帽子を被るためだろう、いつもは高い位置から生やしているツインテールを今日はおさげの位置まで低くさせている。……それにしてもどうしたんだろう。

もう全員揃《そろ》っているというのに、どうしてか誰一人として動こうとしない。まだなにかを待っているみたいな。

そんな彼女たちのことを不思議に思って見ていると、

「今な、運転手を待ってんねん。私らを運んでくれる運転手な」

またしても汐見さんは私の心の中を覗き見したみたいに、そう私の疑問に的確な答えをくれた。

「運転手、ですか？」

「そう。運転手。ヤマノカミな」

「やまのかみ？」

するとその時、店の前の駐車場に一台の車が進入してきた。それは随分と年季の入った古びたバンだった。

「ほら来たで。ヤマノカミ」

白木須さんはそう言うと、下ろしていたクーラーボックスを肩へと掛ける。あとの二人も同じく動き始め、そうして彼女たちは停車したバンへと歩み寄っていく。運転席にはなにやら男性らしき姿が……。そんな事実に気後れしつつも、私も同じくバンへと足を向かわせた。

運転席から降りてきたのはやっぱり男性だった。けど、想像していたイメージとはズレがあった。……ううん。かけ離れ過ぎていた。フロントガラス越しでよく見えていなかったその人の全身が明らかになり、身の危険を感じ取った私の心の警報はファンファンとサイレンを鳴らし続けている。

髪型はソフトモヒカン、その髪は茶色に染め上げられている。背丈は高くて首は丸太のように太い。上下の作業着は薄汚れていて、ヒゲだって伸び放題で清潔感がまるでない。けど、眼鏡だけはいい感じのものをかけている。そんな妙なこだわりがその人の異質性をさらに際立たせていて……。

決して若くはない。けど、中年というほど老いてもいない。ちょうどその中間くらいだと思う。

「じゃあ、今日もよろしく。ヤマノカミ」

「おう。任せとき。じゃあ、荷物積んでさっさと行こか」

その人にそう言われて、開けられたバンの荷室に荷物を積み込んでいく彼女たち。一方の私はみんなと少し離れたところから、「やまのかみ」なる人物の観察を怠らない。

やまのかみ……山の神？　だよね？　けど、どう見てもその人は神様には見えない。そんな薄汚れた身なりをした神様がいるわけがない。……違う、逆か。そんな身なりだからこそ神様なのかも。あとは、うーん……駅伝の選手だったとか？

そう一人あれこれと考え込んでいると、突然その人の目がこちらを向いて私は思わず飛び上がりそうになるくらいビクリとした。

「君も行くんやろ？　なら、はよ荷物積み込み」

「はっ、はい！」

そうして私の荷物を積み終わると、その人は荷室のドアをバンと閉めた。

その人はすたすたと運転席へと戻っていく。それに続いて白木須さんが助手席に、あとの二人は後部座席へと乗り込んでいく。

依然として鳴り響く心のサイレン。けど、みんなに迷惑はかけられない。私はなんとか心を決めて、後部座席へと乗り込みドアを閉めた。

「じゃあ、行こか」

「おおー！」

「ヒアウィー」

「ゴオオオオー！」

運転席からの呼び掛けに私以外の三人が応じる。そしてそれをキッカケに停車していたバンが動き出し、かかっていたラジオはテクノミュージックへと切り替えられ、その電子音楽は一人不安でいる私の心を無遠慮に攻撃してきた。

山神三平《やまがみさんぺい》。それがその人の名前らしい。なるほど。だから山の神。

走る車の中でまだ済ませていなかった自己紹介を互いにし合い、山の神なるその人が農業を営んでいること、私たちと同じくあの漁港町に住んでいること、白木須さんたちとは長い付き合いであること、などが次々と明らかになった。どうやら危険な人ではないみたい。とりあえずはひと安心だ。

そんなこんなで盛り上がるバンは、出発してから十分ほど走った辺りで脇道へと入っていって停車した。

「はい。到着ぅー」

そう言って、山神さんはサイドブレーキを引く。どうやら目的地に着いたらしい。

白木須さんは早速シートベルトをカチリと外すと、

「よーし。釣るぞぉー」

そう楽しげに言って、助手席のドアを開けて早々に外へと出ていく。私も同じく後部座席から外へと出た。

私たちの本拠——間詰さんは違うけど——である漁港町と比べると小さくなるものの、ここも漁港町であるらしい。船も家もあまり多くなくてすごく静かだ。ここが今日の釣り場らしい。

私たちは荷室から荷物を取り出していく。そうして全てを取り出し終えると、山神さんは運転席へと乗り込み、停止させていたエンジンを早速かけた。

するとと運転席の窓が開けられる。あのテクノミュージックが外へと飛び出してきた。まるで眠っているみたいに静かだった漁港町に、場違いな電子音楽が響き渡っている。

私は堪らず羞恥の思いに駆られる。

早く窓を閉めてください。そして、一刻も早くどこかへ行っちゃってください。

切実にそう思った。関係者だと思われたくない……。

けど、そんな私の切なる願いは聞き入れてもらえない。山神さんはあろうことか腕まで乗り出してきて、

「今日のターゲットはガシラやったな」

そう呑気《のんき》になにやら言ってきた。そんなことより早く窓を……。

「なら、そうやなぁー」

いいから……。

「今回はサイズにしよか」

早く……。

「一番でっかいガシラを釣った子には、名人、って呼んであげるで」

窓を……。

「よっしゃー！　負けへんで！」

「ウチだって！　名人の称号はウチがいただきます！」

「いいや。私やね」

「いやいや。ウチですって」

なにやら対抗心を燃やしている白木須さんと間詰さん。どうやら釣った魚の大きさで勝負するみたいだけど、名人と呼んでもらえる、が優勝賞品みたいなので私の気持ちはどうしたって乗ってこない。そんなことより早く窓を閉めてください……。

「じゃあ、四時半頃に迎えに来るから。なんかあったら電話しぃーや」

そう言って、山神さんが運転するバンは来た道を戻っていく。そうしてようやく漁港町に静寂が戻った。

「じゃあ、行こっか」

「ですね」

「せやな」

白木須さんの呼び掛けに二人が応じる。するとそこで、

「あっ、そうや」

先陣を切って歩き始めていた白木須さんは、なにかを思い出したように早々に歩みを止めた。そうして肩に掛けていたクーラーボックスを地面に下ろすと、開いたボックスの中から取り出したものを私たちに示してみせる。それを目にした瞬間、私はゾッと怖気《おぞけ》を覚

えた。

透明のプラスチック製の簡易ケース。輪ゴムで封がされたそのケースの中には木屑《きくず》のようなものが大量に収められていて、その下にはきっと、あのおぞましいビジュアルのイシゴカイたちがウジャウジャといるのだろう……。

「ここでエサ配っとくね」

白木須さんはそう言うと、汐見さん、間詰さんと、順々にエサを手渡していく。そうしてそこで気付いたらしい彼女はハッとした顔になり、手に持っていたケースをボックスの中へと戻すと引きつった笑みでこちらを見てきた。

「安心してな。めざしちゃんのは私がつけたげるから。ずっとそばにおったげるから」

白木須さんのその言葉は本心からのものじゃない。そんな彼女の明らかな気遣いに、私はひどく申し訳ない気持ちになった。

ついさっきまで「自分が勝つ」だとか「名人の称号は自分のもの」だとか、そんなふうなことを嬉々《きき》として主張していた白木須さんが、お荷物でしかない私の保護者役なんかを喜んで買って出てくれるはずがない。

見るからにテンションがだだ下がりしている彼女の様子がなによりの証拠だ。本当にごめんなさい……。

「そのことなんですけど……」

するとその時、なにやら気まずそうな声が聞こえてきた。

私はその方へと目を向ける。どうやらその声の主らしい間詰さんはどこかばつが悪そうな顔をしていて、私と目が合うなりスッと視線を逸《そ》らしてしまった。

そうして背負っていたリュックの中をゴソゴソと探り始める間詰さん。そんな彼女のことを不思議に思って見ていると、次いで彼女は手に取った小袋を不躾《ぶしつけ》にこちらへと突き出してきた。

「やる」

間詰さんは明後日の方向に顔を向けたまま、ツンケンとした態度でそんなことを言ってくる。対して私は首を捻《ひね》る。その小袋には「おいしいフィッシュソーセージ　四本入り」と印字がされている。

私はしばし間詰さんの意図を考えてみる。そして、

「ありがとうございます。ちょうど小腹が空いていたところです」

私は笑みを作ってそんな嘘《うそ》を言った。

本当は小腹なんて空いていない。少し前にお昼ご飯を食べたばかりだ。けど、せっかくくれると言ってくれているわけだし……。

間詰さんはこちらへと顔を向ける。その表情は呆気《あっけ》に取られたみたいに固まっていて、

「……ア、アホかッ！」

ややあって彼女はそう吐き捨てた。

「誰がお前に食え言うた！　流れで分かれや！」

「流れ、ですか。……なんでしょう？」

「やからエサや言うとんねん！　お前のエサやのうて魚のエサな！　これつこて釣れ！　これなら自分でつけられるやろ！」

そう言って、間詰さんは強引にそれを押し付けてきた。

私は手に持っている小袋へと目を落とす。魚肉ソーセージだよね？　こんなので本当に魚が釣れるの？

そう疑問に思ったわけだけど、

「明里ちゃん。やっるぅー」

そんな白木須さんの反応を見る限り、どうやら問題なくエサになり得るみたい。……と言うか、やっぱりあれは本心じゃなかったんですね。私の保護者役という任から解放された白木須さんは当初の明るいテンションを取り戻している。

「まぁ、ええ判断やな。お前にしたら」

相変わらず間詰さんには挑発口調の汐見さん。本当にひと言多い。

照れたり怒ったりと忙しい様子の間詰さん。痛いところをガシガシと足蹴にしてくるし言葉だって乱暴で血の気の多い子だけど、実はとっても優しい子なのかもしれない。だって、私なんかのためにこんなものを用意してくれていたのだから。

イシゴカイに触れない。間詰さんに私のことを紹介した時に、確か白木須さんがそんなふうなことを言っていたように記憶している。たぶん、その時のことを覚えてくれていたんだと思う。

「ありがとうございます」

私は改めて感謝を言う。するとと間詰さんは、

「ふんっ。別にお前のためやない。椎羅さんのためにやっただけや」

そうツンケンとした態度で否定してきた。

それが心からの言葉なのか照れ隠しなのか、そんなことは言った本人にしか分かるはずがない。だから、私は後者だと勝手に思う。合っているかどうかは分からないけど、そう思うのは私の自由だ。

そうして私たちは移動を開始する。

てっきり漁港町の方へ歩いていくのかと思いきや、私たちは脇道から道路へと出て、ほんの気持ち程度の路側帯を進んでいく。私なんて毎回毎回おっかなびっくりなのに、先を歩く彼女たちはすぐ横を走り抜けていく鉄の塊のことなどどこ吹く風だ。もっと端の方を歩いた方が……。

そうしていると一本の波止が見えてきた。

あの上で釣るのかな？　けど、どうやって行くんだろう？

そんなふうに思っていると、先頭を歩いていた白木須さんがなにやらおかしな行動を取り始めた。

なんと彼女はガードレールとガードレールの隙間を通って、道なき道を進み始めたのだ。間詰さんと汐見さんもそのあとに続く。……それって大丈夫なの？

結論から言うと大丈夫そうだった。

まるで「お通りください」と言わんばかりにガードレールの隙間はほどほどに広く、すぐ下には「下りてください」と言わんばかりに岩礁帯の足場が広がっていて、その岩礁帯から波止が海へと一本伸びている。なんだか魚釣りをするために作られた場所みたいな。そんなわけないけど。

「じゃあ、終了時間は四時ってことで。それまでに一番でっかいガシラを釣った子が優勝な。数は関係ないで」

遅れていた私が合流するのを待って、白木須さんはそんなふうに本日の活動内容を説明する。対して私たち三人はそれぞれに応じる。そんな三つの了解を受けて白木須さんは満足そうに口元を緩ませ、

「じゃあ、行くで。よーい……スタート！」

そんな白木須さんの合図により、サイズ釣り勝負の火蓋は切られた。

四人の輪は早々に崩れ、私のことなどお構いなしに自由に動き始める彼女たち。白木須さんと間詰さんは競い合うように、信じられないスピードで岩礁帯の上を移動していく。跳び下りたり、よじ登ったり、その様子はまるで忍者みたい。ロッドとクーラーボックスがあるというのに……。

そう少し引いた思いで彼女たちのことを見ていると、

「じゃあ、私らも行こか」

そう声を掛けてくれたのは、ただ一人残ってくれていた汐見さんだった。

「無理してあいつらに合わせんでええよ。それで怪我《けが》してもうたらあれやし、あっちの波止でまったり釣ろ」

そうして私たちは岩礁帯から真っ平らな波止の上へと移動した。

「まぁ、この辺でええか」

波止の中間辺りで足を止め、そんな汐見さんの決定により本日の釣り場が決まる。私たちは足元に荷物を下ろしていく。そうして早速タックルの準備に取り掛かった。

今日までの練習が成果を見せる時。私は緊張しつつも確かな自信があった。……けど、そんな自信はあっという間にどこかへと吹き飛んでしまう。なんでも今回の仕掛けは前回のものとは異なるらしいのだ。

汐見さんにその事実を聞かされた時、私は一体どんな顔をしていただろう。きっと相当な間抜けヅラだったに違いない。

「今日のターゲットのガシラって魚は、標準和名はカサゴ、九州の方やとアラカブとも呼ばれとる根魚や。あいつらは岩場の陰とか隙間とか、そういうところに身を隠してじぃーっとしとる。つまりそんなやつらを釣ろう思たら、そいつらに合わせた仕掛けを用意せなアカンいうことや。どんな魚でもそう。狙う魚によって仕掛けはぜーんぶ変わってくる」

　そんな汐見さんの説明を受けて、私はなんとか気持ちを持ち直す。そういった理由があるのであれば仕方がない。

「顔はいかつい系やけど、なかなかええ味してるんやで、ガシラって。大型のやつになると値も張るし、料亭でも出てくるくらいの魚やしな。あぁ、そうそう。追川の大好きな『高級魚』なんやで」

　汐見さんは思い出したように、最後に要らぬ情報を付け加えてニヤリと笑う。もう忘れてください、それ……。

　そうして汐見さんはなにやら二つの小物を手渡してきた。

　三つのサルカンを合体させたみたいなもの――トリプルサルカンと言うらしい――と、中央に穴が通っていない吊《つ》るすタイプのオモリ？　みたいなもの。

　どうやら今回の仕掛けに使用するみたいだけど、どう使ったら正解なのか私には皆目見当がつかない。

そんな中、まずは汐見さんがお手本を見せてくれた。

トリプルサルカンの三つの輪っかに、道糸、針を結んだハリス、オモリを結んだ糸をそれぞれ結び付けた仕掛け。オモリの重さでピンと張った糸からムダ毛が一本ひょろりと生えているみたいな。

前回のものとはまるで作りが異なる仕掛け。けど、意外なことに仕掛けの製作にはそれほど困らなかった。これもきっと練習の成果なんだと思う。これには汐見さんも感心してくれたみたいで、

「やるやん」

そうお褒めの言葉を掛けてくれた。なんだか嬉《うれ》しかった。

「あぁ、あと、テトラもポイントやな」

そう言って、汐見さんはすっと後方を見やる。私も同じくその方へと目を向ける。私たちが陣取っている海に面した側とは反対側、そこには大量のテトラポッドが広範囲に海へと落とされている。

「あれの隙間とかにもガシラはおる。ってか、あそこがガシラの巣やな。なんちゅーても絶好の隠れ家やし。けど、今回は無理。そのロッドの長さじゃどうやったって小回りがきかん。もっと短いロッドやったら穴とか探って回れるんやけどな。で――」

すると一度そこで言葉を切り、汐見さんは地面に下ろしていたリュックの中からなにや

ら取り出してきた。そうしてそれをこちらに示し、

「これがブラクリな」

「ブラクリ？」

そう私は聞く。彼女は「うん」と答えて解説を始めた。

「ガシラ狙いで穴攻める時はこれをつこたらええ。オモリと針がほぼほぼ一体になっとって、テトラに引っ掛かるリスクが格段に改善されんねん。今日は使うことないやろうけど、これ、追川にやるわ」

そう言って、そのブラクリなるものをこちらへ差し出してくる汐見さん。私はありがたく頂戴した。

オレンジ色のひし形――たぶんオモリ――の下に蛍光色の玉があって、そのすぐ下にくっ付くように結ばれた針がある。どうやら市販されている仕掛けらしい。そのバックには妙にリアルな魚の絵が描かれている。この魚がガシラなのかな。確かに厳《いか》めしい顔付きをしている。

そうして私たちは魚釣りを開始する。汐見さんはイシゴカイを、私は魚肉ソーセージをエサにして。

お馴《な》染《じ》みのオレンジ色の包装を脱がしてやると、これまたお馴染みのピンク色の素肌が露《あらわ》になった。それを手で小さく千切り、柔らかいピンクのそれにすぅーっと針を通して

エサつけを終える。

やっぱりイシゴカイと違って楽でいい。けど、私はやっぱり疑問に思う。

生気が全くない——あるわけがないし、あったらそれはそれで困る——ピンク色の練り物のそれ。こんなので本当に魚が釣れるのかな。

「転校してきたばっかしでいろいろあって大変やろ？」

そう声を掛けられ、私は魚肉ソーセージから汐見さんへと視線を移す。棒立ちでいる私とは対照的に、彼女はクーラーボックスを椅子代わりにしてゆったりしている。その目はロッドと同じく海の方を向いている。

「いえ。そんなことないです」

私は笑みを作ってそう答える。

「毎日が楽しいことばかりです。こうやってアングラ女子会に入れてもらえて、私はすごく幸せです」

そんな作った言葉でさらに体裁を整える。汐見さんには気を付けないといけない。少しでも油断していると心の中を覗《のぞ》き見《み》られてしまうから。

「それ、ほんまか？」

そう言って、こちらへと顔を向けてくる汐見さん。その表情にはなにもない。喜怒哀楽も、疑いの色も。

そんな彼女に私は妙な緊張感を覚える。彼女は私のなにかを知っている。なんだかそんな気がした。

「……ははっ。どうしたんですか？　ほんとに決まってるじゃないですか」

「ふーん。決まってるんや」

「はい。決まってます。そんな嘘《うそ》を言うわけないじゃないですか」

「ふーん。そうなんや。で、どうしたん？」

「……え？」

「それ、さっさと投げたら？」

突然そんなことを言われて私は思わず固まってしまったのだけど、どうやら汐見さんはいつまでもキャスト——仕掛けを海へと投げ入れること——をしない私のことを指摘したのだとややあって気付いた。

「投げんと釣れんで。いつまで経《た》っても」

「ははっ。ですね」

私はそう笑って言ってキャストする。エサのついた仕掛けが海へと落ち、ポチャン、と小さく音が鳴った。

……どうにも気持ちが落ち着かない。静かで弱い波の音は相変わらず私の心を不安にさせてくる。

前回のオリエンテーションの時に感じた「とにかくなにか釣らなきゃ」みたいな焦りとは違う。無言で魚釣りをしている私と汐見さんの釣果は未《いま》だゼロなわけだけど、落ち着かない理由はそこではなくて、汐見さんが見せたあの表情が頭の中にこびり付いて離れてくれないというのがその原因だ。

私のなにかを知っている。本当にそんな雰囲気があった。

「それ、ほんまか？」って……。

一体なにを知っているというのか。

無言でいるとそんなことばかり考えてしまう。なので、私は汐見さんに話し掛けることにした。ちょっと怖いけど……。

「釣れませんね」

そう笑みを作って話し掛ける。

「せやなぁー」

対して汐見さんはこちらに一瞥《いちべつ》もくれずにそう答え、そうして私たちの会話は早くも終了してしまった。

なんだか汐見さんは気がない感じ。もしかしたら魚釣りに集中しているのかもしれない。邪魔しちゃったかな……。

そう少し後悔していると、

「釣れんと面白ないか？」

汐見さんがそう言ってきた。そんな彼女は相変わらず気がない様子で海の方を向いている。

「いえ。そんなことないです」

私は笑みを作ってそう答える。

「こうやって海に糸を垂らして波の音を聞いているだけでも十分楽しいです。α波って言うんでしたっけ？　なんだか心が洗われるというか、落ち着くというか。魚釣りってこういう楽しみ方もあるんですね」

私は再びそんなふうに言って体裁を整える。恐らく彼女は私のなにかを知っている。これまで以上に言葉や態度には気を付けないといけない。

そんな私の取り繕った言葉に対し、汐見さんはなにも返してこない。海の方を向いたまま押し黙っている。

そうしてそんな沈黙はしばし続き、

「もうええって」

汐見さんはそうぼそりと言った。

「ほんまはそんなこと思てへんやろ」

続けてそんなことを言ってくる。そんな彼女の言葉にドキリとするも、私はすぐさま笑みを作って平静を装う。

「またですか。そんなわけないじゃないですか」

私はそう笑って応える。そう。ちゃんと笑みは作れている。心の中を覗き見られたわけじゃない。となると、やっぱり汐見さんはなにかを知っている。一体なにを……。

「そんなわけない、か。なら、私が見たあれはなんなんや」

「……あれ？」

私はおずおずと聞く。あれ？　見た？　汐見さんは一体なにを見たと言うのか。

ずっと海の方ばかり見ていた汐見さんはようやくこちらへと顔を向ける。その表情にはどこか哀れみのようなものがあって、

「ごめんな」

次いで彼女はそんなふうに謝ってきた。

「え？」

私はそう思わず聞く。謝られるようなことなんて……。全く身に覚えがない。

「言うか言うまいか迷ってたんやけど、なんかもうええかなって。嘘ばっかつかれるのもええ加減ダルいし、あんたもダルいやろ？　嘘ばっかつくの」

戸惑う私を余所《よそ》にそう言って、そうして汐見さんはあとを続ける。

「ごめんな。追川のツイッター見てもうた」

……その言葉は鍵だったのかもしれない。その言葉を聞いた瞬間、固く閉ざしていた扉が開かれ中から呪いの言葉が飛び出してきた。


死ね、消えろ、ウザい、ゴミ、クズ、汚点――。


そんな地獄の過去が頭の中を駆け巡る。途端に心臓と呼吸がおかしくなった。

……けど、いま私が意識を向けるべきは過去ではなく現在、目の前にいる汐見さんだ。あれを彼女に見られてしまった。その事実が大問題だ。

迂闊《うかつ》だった。まさかアカウントを消し忘れていただなんて……。

「まぁ、そうなるわな。追川にしたら誰にもバレたない過去やろうし。それを私に見られたんや。そらそうなるわ」

「……」

「ほんまごめんな。けど、いつまでも知らんふりもできへんかったし」

「……」

「で、この上なにを聞くねんって話やけど。私の勘違いやったらアカンから聞かせてもらうな？　あんた、いじめられてたんか？」

汐見さんはそう真剣な顔で聞いてくる。どうやらもう誤魔化《ごまか》しは利かないみたい。

「はい。汐見さんの言う通りです。けど、あれはもう過去のことで——」

「それもええから」

「……え？」

「その作り笑顔もええ加減見飽きたわ。もう無理して笑わんでええから」

取り繕った言葉に続いて、私の作り笑顔を言い当ててみせる汐見さん。なんと言うか、全てお見通しという感じ……。

私は少し汐見さんのことを甘く見ていたのかもしれない。

ニコリと笑って応えておけば心の中を覗き見られることはないはず——。

そんなふうに思っていたけど、どうやらそんな作り笑顔も彼女にはバレてしまっていたみたい。

取り繕った言葉に、作り笑顔に、ツイッターに……。汐見さんは探偵かなにかなのかな。

これまでの私の努力は一体なんだったんだろう……。

「まぁ、なんちゅーか」

気落ちする私を余所に、汐見さんはあとを続ける。

「もうビビらんでええで。私らは追川のこといじめたりせーへんから」

そんな彼女の言葉に私はドキリとさせられるも、ここまでくるとなんだか笑えてきた。

やっぱり汐見さんには敵《かな》わない。なにからなにまで言い当てられてしまう。

「やから追川は普通でおったらええねん。作り笑顔なんかせんでええし、嫌なことには嫌ってはっきり言うたらええ。分かった？」

「はい」

私はそう微笑《ほほえ》んで答える。なんだかお母さんみたいだなと思った。とてもそんなことは言えないけど。

汐見さんには敵わない――。

そう白旗をあげると、なんだか急に気持ちが楽になった。そして、あんなに警戒していた彼女のことを、今はすっごく優しい子だと思える。

取り繕った言葉に、作り笑顔に、ツイッターに……。指摘された時はドキリとしたけど、今になって思うとあれも優しい言葉としか思えない。だって、私のためを思って言ってくれた言葉なのだろうから。

汐見さんは怖くない。彼女は本当に優しい。

「で、あとの二人はどうする？　私は追川に合わせるけど」

そんな汐見さんの問い掛けに、私は本当の笑顔で応じる。

「はい。秘密にしていようと思います。あまり色眼鏡で見られたくないので」

「そっか。けど、私の水色眼鏡は大丈夫なん？」

そう言って、汐見さんはクイッと眼鏡を持ち上げる。私はそれにアッとなって、次いで吹き出して笑ってしまった。

「はい。大丈夫です。水色なのはフレームなので」

「おっ、言うやんけ。まぁ、私はそんなに優しないけどな。色眼鏡でなんか見たらへん」

「はい」

そう言って、私は思う。もしかしたら私が色眼鏡で見ていたのかもしれない。

もういじめられたくない――。

そう思うあまり、私は白木須さんたちのことを素直に見れなくなっていた。みんなとあの子たちはなにも関係がないのに。本当に失礼なことをしていた。

「あぁ、あと、見られたないんやったらアカウントはちゃんと消しときや。私以外にも行き着くやつが出てくるで。珍しい名前やねんから」

「はい」

そう言って、私は彼女に感謝する。汐見さんはどこまでも優しかった。

「おっ、やっと来たわ」

そう言って、汐見さんはロッドをグイッと持ち上げる。竿先《さおさき》がグググと弧に曲がり、巻かれるリールが小気味良い回転音を響かせている。

魚釣りを開始してからようやく来た一発目のアタリ。どこか緩んでいた辺りの空気は一瞬にして引き締まった。

未だアタリのないロッドを持つ私の手にも力がこもる。

頑張れ！　頑張れ！

勝負のことなど度外視で心の中で応援する。そして、それはついにその姿を現した。

「はい。ガシラGET」

そう言って、釣り上げた魚を私に見せてくれる汐見さん。なるほど。これがガシラという魚らしい。ブラなんとかっていう仕掛けのパックに描かれていた魚、確かにあれによく似ている。

体色はこげ茶色。体の部分には広く斑模様《まだらもよう》がある。全体的にトゲトゲしていてゴツゴツしていて、岩礁を魚にしたらこんな感じになるのかな、という印象を受けた。どことなくあの毒魚――ハオコゼ――に似ているように思う。……毒はないよね？

「でっかい頭してるやろ？　でな、こいつとは時間の勝負やねん。アタリが来たらすぐに釣り上げてまわな間に合わへん。トロトロしとったら隙間とか根に潜られてもうて引っ張り出せんようになってまうから。無理やり引っ張り出そうにも糸の方が耐えられんくてブチッと逝ってまう。やからそうなってまう前に釣り上げてまわなアカンねん」

汐見さんはそうガシラを釣る上での注意点を教えてくれる。けど次の瞬間、

「えっ」

私は思わず呆気《あっけ》に取られてしまう。なんと汐見さんは、針から外したガシラを海へとポイと放り逃がしてしまったのだ。

「逃がしちゃうんですか？」

私はそう彼女に聞く。やっと釣れた魚なのに、せっかくの高級魚なのに、どうして逃がしてしまうんだろう。……まぁ、高級魚というのは置いておくにしても、逃がしてしまったらサイズ競争の勝負にならない。

「うん。ちっさかったからな」

汐見さんは海を見つめながら話し始める。

「魚によってまちまちやけど、ガシラに関しては十五センチ、そこが持ち帰るかリリースするかの基準やな。さっきのはちょっと足りひん感じやったから。あくまで目測やけど」

それを聞いて、ほへぇー、と私は感心した。

「そんなルールがあるんですね」

「うん」

そう言って、汐見さんはあとを続ける。

「根魚って回遊魚とは違うんよ。その場所に居ついてるやつらやから、みんなが好き勝手やってたら、そのうちその場所からおらんようになってまう。十五センチにまで成長するのに三年くらいかかるって言われてる。やから、ちっさいのまで根こそぎ持って帰ってたら、大げさな話やなくてほんまに全滅してしまうねん。なんかさ、嫌やん？　そういうの。資源の確保とかそんな難しい話やなくて、単純に、なんか嫌やなぁーって。いくら美味《おい》しい魚や言うたって、なぁ？」

そう言って、汐見さんはこちらに顔を向けてくる。

「やから、ちっさいやつはリリースすることにしてんねん。私も椎羅も間詰も。アングラ女子会ではそれで通してる。追川も守ってくれるか？」

「はい。もちろんです」

私はきっぱりと即答する。正しい考えだと思う。全滅とか私だって嫌だし。

「高級魚やけど？」

「うっ……」

私はつい返答に詰まってしまう。まだ言いますか。早く忘れてください……。

そんな私を見て汐見さんは吹き出して笑う。そして、

「ありがとう」

そう微笑んで言って、彼女は小休止させていた魚釣りを再開させた。

そのあとも汐見さんのロッドには何度かアタリがあり、驚くことにその全てが狙い通りのガシラだった。

持ち帰りサイズに満たないものばかりだったけど、それでも狙い通りの魚を次々と釣り上げていく辺り、さすがはアングラ女子会だと感心するばかりだった。

対して同じくアングラ女子会である私はと言うと、釣り上げるどころか一度もアタリに恵まれることはなかった。

すぐ隣で釣っている汐見さんの方には食い付いて、どうしてか私の方には全然食い付いてこない。まるで馬鹿にされているみたいにエサだけ綺麗に盗まれて、魚釣りをしているのか魚たちに食事を提供しているのか、だんだん分からなくなってきた。

「活《い》きエサとそうでないエサの違いやろな。クネクネ動いてる方があいつらにはご馳走《ちそう》やろうから。知らんけど」

とは汐見さん。確かにそんな理由もあるのかもしれない。知らないらしいけど。

するとそんな中、汐見さんが再びリールを巻き始めた。

また釣れたのかとそちらに目をやるも、どうやらそんな様子でもない。彼女は海から仕掛けを巻き上げロッドを地面に寝かせると、椅子にして座っていたクーラーボックスから腰を上げて立ち上がった。

「ちょっと椎羅たちのこと見に行ってくるわ」

そう言って、凝り固まった体を伸ばしほぐす汐見さん。

「追川も一緒に行くか？」

そう誘ってくれた彼女の心遣いは本当にありがたかったのだけど、

「いえ」

私はそう首を横に振って遠慮した。

「もう少し頑張ってみます」

汐見さんと違って、私はまだ一匹も釣り上げていない。こんなのでもアングラ女子会の一員。せめて一匹くらいは釣り上げないと。

「そっか」

そう微笑んで言って、汐見さんは「けど」とあとを続ける。

「あんまし気負うことないからな。釣りなんて楽しかったらそれでええんやから」

「はい」

「じゃあ、あんまし気負わん程度に頑張りや。私はあいつらのこと見てくるから。気ぃ変わったらいつでも来ぃな」

そう言って、汐見さんは白木須さんたちのいる岩礁帯の方へと歩いていく。そんな彼女の背中をしばし見送り、そうして私は自分の竿先へと目を向ける。

汐見さんはああ言ってくれたけど、やっぱり一匹くらいは釣り上げないとさすがに格好がつかない。なんとしても、なんとしても……。

そう心の中で強く念じる。グググと弧に曲がる竿先をイメージして。

……けど、念じて魚が釣れれば苦労はないわけで。現実はそんなに甘くはないらしく、そのあとも私のロッドにアタリが訪れることはなかった。

仕掛けを巻き上げてみると、またしてもエサ取りにしてやられている。もう呆れるしかない……。

魚肉ソーセージを千切って針につけ、仕掛けを海へとキャストして、巻き上げた時にはもうエサはなくなっている。私は再び魚肉ソーセージを千切って針につけ、仕掛けを海へとキャストして――。

ただただそれの繰り返し。私は機械的にそんな単純作業を延々と繰り返す。終了時間の午後四時になるまで、ずっと。

……と、私はそこでふと思った。

気の抜けた目である一点を見やる。そんな私の視線の先には、海に大量に落とされたテトラポッド帯がある。汐見さん曰《いわ》く、ガシラの絶好の隠れ家らしい。

私はしばし考えてみる。そして、

「いけるかも」

そう答えが出ると、私はすぐに行動に移った。

海から巻き上げた仕掛けを小バサミを使ってバラしていき、一本に繋《つな》いでいるロッドの接続を二つに分解させる。そして、次は仕掛けの製作に取り掛かる。

おおよその深さを想像しつつリールから道糸を引き出していき、それを良さそうな長さのところで切断し、その糸を竿先の輪っかから手元の輪っかまで通していってロッド自体に結び付ける。そして、もう一方の糸の先には汐見さんにもらったブラクリを一つ結び付ける。以上だ。

えらく単純明快な作りをした仕掛けだけど、これだけ短いロッドなら取り回しの問題は改善されたはず。ロッドに対しての糸の長さは少し……ううん、随分とある。けど、格好なんて関係ない。要は釣れればいいのだから。

こうして私は急ごしらえのテトラポッド専用タックルを完成させた。

私は自作したそれを両手に持ち、テトラポッド帯の前まで歩いていって足を止める。いざこうして近くまで来て見下ろしてみると、その危険度はなかなかのもの。

灰色の表面は思っていたよりゴツゴツしていなくて、ひどく滑りやすそうでどうにも危なそう。隙間に滑り落ちでもしたらかすり傷では済まないと思う。

……そんなわけで、ついさっきまでの意欲はどこへ行ったのか、私は早々にテトラポッド帯への進攻を諦めたのだった。怪我《けが》しちゃったらあれだし、今は両手が塞がっちゃってるし……。

私は波止の上に身を残したまま、しばし波止とテトラポッドの隙間を見て回ってみる。

そうしてほぼ足元と言っていい、見下ろす先に存在している暗い穴に狙いを定めた。

積み上げられたテトラポッドと波止の壁に囲まれて、それはまるで洞窟のよう、揺れる波がチャプチャプと水っ腹みたいな音を響かせている。なにか背筋に薄ら寒いものを感じさせる底の知れないその穴は、魚なんかより、鬼とか蛇とかの方がお似合いに思えてくる危険な雰囲気を漂わせている。

本当にこんなところに魚がいるのか半信半疑……ううん、一信九疑くらいの心持ちでいる。けど、二の足を踏んでいたって仕方がない。

ダメで元々。もし仮に鬼や蛇が釣れたとしても、そんなのは外道としてリリースしてしまえばいい。たったそれだけのこと。なにも問題ない。

そう自分に言い聞かせ、私はエサのついたブラクリを先頭に、長い糸を穴へとゆっくりと慎重に下ろしていった。

長いと思っていた糸は意外とそうでもなかったみたい。全ての糸を下ろし終えても、糸は弛《たる》まずピンと張っている。底に到達していない証《あかし》だ。

もう少し長くても良かったかな……。

私は腰を屈《かが》めてロッドの位置を低くさせる。そうしてできるだけ奥までエサが届くよう努めてみた。するとそんな時だった。

ロッドを持つ私の手に、コツコツ、微弱ななにかが伝わってきた。

なんだろう？　そう不思議に思った次の瞬間、
うわわわわわわわわわわわわわわわわわわわわわわ――ッ！

思わずそんな声を吐き出してしまいそうになった。

今にもロッドが裂け折れてしまいそう。そんな突然襲いかかってきた化け物じみた凄《すさ》まじい力は、ギギギ、と私もろとも穴の奥へと引きずり込む勢いだ。

あわわわわわわわわわわわわわわわわわわわわわ――ッ！

あまりの恐怖に私はされるがままだ。ロッドを介して伝わってくる乱暴で強大なその力は、私の心臓を縦に横にと激しく揺さ振り、そうしてようやくその力の正体が魚のアタリなのだと理解した。

マママ、マグロだ――ッ！

ぐちゃぐちゃに混乱する頭の中で私はそう思った。鬼でもない。蛇でもない。こんなすごい力はマグロ以外にあり得ない。

恐ろしく強大な力。私は堪《たま》らず白木須さんたちに助けを求めようと、彼女たちに向けて手を大きく横に振ってSOSの意思を示した。

対して遠い岩礁帯の上で休憩中らしい彼女たちは、なにを思ったか、私と同じように大きく手を振り返してくる。……SOSは伝わらなかった。

焦りと絶望が入り乱れる。そんなひどくパニック状態でいる私の脳裏に、ふと、汐見さんの言ったある言葉が再生された。

――アタリが来たらすぐに釣り上げてまわな間に合わへん。

私はハッと我に返る。そんな私の脳裏では、引き続き汐見さんの言葉が再生される。

――トロトロしとったら隙間とか根に潜られてもうて引っ張り出せんようになってまうから。無理やり引っ張り出そうにも糸の方が耐えられんくてブチッと逝ってまう。

――やから。

汐見さんは続ける。

――だから。

彼女の言葉に私の声が追随する。

――そうなってまう前に釣り上げてまわなアカンねん。

――そうなっちゃう前に釣り上げてしまわないとダメ。

そうして私の心は、今すぐこの魚を釣り上げる、その一点のみに絞られた。

汐見さんがしていたのと同じように、私は手に持っているロッドをグイッと持ち上げてみる。竿先がギギギと弧に曲がる。正体の見えない凄まじい引き込みは、私の持ち上げる力に負けじと抵抗してきている。

ま、負けるか……。

私はそう気合いを入れる。そうしてリールを巻こうと手を向かわせると、えっ……。

私の手は思わず空振った。そこにあると思っていたリールがなかったのだ。

……そうだった。うっかりしていた。私はロッドを二つに分解していたのだった。リールはもう一方のロッドの方に取り付けたままで、あれは向こうの釣り場のところに置きっぱなしにしている。

「くそぅ……」

私は苦し紛れにロッドをいっぱいいっぱいに持ち上げる。けど、あんなに長い糸をその程度のことで回収できるわけもなく……。

依然として暴れ回っている見えない魚。私は焦りと苛立《いらだ》ちで頭の中が爆発しそう。

どうしたら……どうしたら……。

そう自分に問い掛けるも答えは見つからない。ただ、
ま、負けるかあああああああああああああああああああ――ッ！

そんな苦し紛れの気合いは、私の体を突き動かした。

私はピンと張った糸を乱暴に摑《つか》み取《と》ると、それを力任せに力いっぱい引っ張り上げた。

それに手応えを覚えた私はもう片方の手も糸へと伸ばし、手が離れたロッドのことなど二の次に、さっきと同じようにそれを力いっぱい引っ張り上げた。

いける、いける、いける――。

そう興奮しながら糸を引っ張り上げていく。ただ頭の片隅の方では、これって魚釣りなのかな？　という疑問も僅かに感じている。魚釣りをしているというより、なにかとんでもなく根の深い雑草を引き抜いているみたいな。けど、そんな疑問は本当に些末《さまつ》なもの。燃《も》え滾《たぎ》る興奮には勝ちようもなく、私の両手は草抜きよろしく、暗い穴へと続く糸を引き上げ続けた。

そして、それはついにその姿を現した。

暗い穴の中でぷらぷらと揺れ動いているそれ。私は思わず止めてしまっていた手の動きを再開させて、それを手元のところまで引っ張り上げてやる。そうしてその姿を目の当たりにした私は、驚きのあまり固まった。

釣り上げた喜びより驚きの方が強い。私が釣り上げたそれは、鬼でも蛇でもマグロでもなく、とにかく大きいガシラだった。

目測ではなんとも言えない。けど、汐見さんが釣り上げていたものよりは間違いなく大きい。ここまで大きいとその岩礁っぷりはさらに顕著で、トゲトゲしていてゴツゴツしていて、とにかくとんでもなく大きい……。

「すごいやん！　めざしちゃん！」

突然そんな嬉々《きき》とした声が聞こえてきて、ようやく我に返った私はその方へと顔を向けてみる。そこにはアングラ女子会のみんなが勢揃《せいぞろ》いしていた。

その表情は実にさまざまで、キラキラと目を輝かせていたり、ニンマリと優しく微笑んでいたり、ひどく不服そうに口をへの字に曲げていたり——。

「めっちゃでかいで！　大物やん！」

「二十は確実に超えてるな。なにしてんのかと思てたら、またえらい釣り方して……」

「ふんっ。ウチがやった魚肉ソーセージが良かったんやな。感謝せーよ」

反応はそれぞれ三者三様だったけど、最後にはみんな「おめでとう」と言ってくれて、そこでようやく喜びが湧き上がってきた。

私はやったんだ。魚釣りって楽しい。

そのあとの残り時間、私が大物を釣り上げたことに触発されたみたいで、三人とも火がついたみたいに魚釣りを再開させた。……あぁ、あと、少し話が戻ってしまうけど、私が考案・製作したテトラポッド専用タックル、あれはもうやってはダメだと白木須さんに注意を受けた。なんでも下手をするとロッドが壊れてしまうらしい。

「ちゃんとした使い方せんと長持ちせんよ」

とのこと。ごもっともです……。

そうして終了時間を迎える。私たちは白木須さんの呼び掛けにより平らな波止の上に集合し、それぞれのクーラーボックス——私が釣ったのは汐見さんのボックスに入れさせてもらった——を開いて順々に自分の釣果を発表していく。

白木須さんが二匹、間詰さんが三匹、汐見さんが一匹、そして私が一匹という結果。数では間詰さんがトップ。けど、重要なのは数ではなくサイズ。最も大きいサイズのガシラを釣り上げた者が勝者となる。ということは、つまり……。

「めざしちゃんのが余裕で一番やね」

「せやな。異議なし」

「……なし、です」

みんなの意見が出終わるのを待って、白木須さんは「おほん」と一つ咳払《せきばら》いをする。そうして彼女はニコリと笑ってみせると、

「ちゅーわけで、今回のガシラ釣り対決の優勝者はめざしちゃんです。みんな拍手拍手ぅー。パチパチパチチぃー」

簡単ながらもそう私のことを表彰してくれた。みんなから拍手をもらって、私の頰《ほお》は緩みっぱなしだった。

それからしばらくして迎えにやってきた山神さんにも、本日の釣果を嬉しそうに報告する白木須さん。私が釣り上げたガシラを見たその人は「おおっ！」と驚いたように声を上げ、次いでこちらを見やると笑みを浮かべて片方の手を口の横に添える。そして、

「やるねぇー！　このガシラ釣り名人！」

そうなにやら言ってきた。

なんだか照れ臭い気持ちにさせられる。なんとも恥ずかしい称号を手にしてしまったわけだけど、

「……ありがとうございます」

そう言って、私は頭を下げる。名人と呼んでもらえる。それは案外いいものだった。

山神さんが運転するバンで本拠の漁港町へと帰ってきた私たちは、クーラーボックス以外の荷物を白木須釣具店に預かってもらい、帰還も早々に次なる場所へと移動を開始する。その場所とは汐見さんの家だ。

「じゃあ、凪ちゃんち行こっか」

そんな白木須さんの言葉を聞いても、私は不思議となにも思わなかった。疲労と高揚感で判断力が鈍っていた。確かにそういった要因もあるのかもしれない。けど、それだけではないと思う。

地雷原を歩くようなもの――。

前はそんなふうに思っていたクラスメイトのお宅訪問。それが今の私にとってはそれほど重いものではなくなっている。

そう私を変えてくれたのは、汐見さんの優しさだ。

――もうビビらんでええで。私らは追川のこといじめたりせーへんから。

その言葉だけじゃない。汐見さんはたくさんの優しい言葉を私にくれた。そして、気付かせてくれた。安心していいんだ、って。

そうして私たちは目的地に到着した……らしい？　その建物はいつも登下校時に使っている石畳の坂の中ほどにあった。

小ぢんまりとした佇《たたず》まいのそれは、どうやらご飯屋さんらしい。

お食事処《しょくじどころ》しおみ。白壁平屋のその建物の傍らにそんな看板が掲げられている。つまりこのお店は汐見さんのご家族が営んでいるご飯屋さんで、白木須さんの言っていた「凪ちゃんち」とはそういった広い意味での「凪ちゃんち」だったのだろう。

恐らく今からこのお店で少し早めの夜ご飯——打ち上げってやつ？　まだ夕方の五時とかだけど——を食べる運びになるんだろう。けど、どうしたことか。お食事処しおみは本日定休日となっている。格子の入った入口戸の傍らに、本日定休日、と記された板が掛けられている。

そう一人あれこれと考えている間にも、入口戸の鍵をカチャリと開ける汐見さん。そうして彼女はみんなのことをお店の中へと招き入れ、

「なにしてん。あんたもはよ入り」

次いでそう言ってきて、私は疑問を残したままお店の中へと入っていった。

灯《あか》りのついていない店内はどこか薄気味悪さを感じさせる雰囲気がある。後方より聞こ

えてくるカラカラという戸を閉める音が妙に物悲しく感じられ、次いで耳に触った生暖かいなにかに私は思わずビクリとした。

「これがアングラ女子会やから」

耳元で語られる汐見さんのその声は、おどろおどろしく、けどどこか楽しげなようでもある。

「さっき釣ってきたガシラ、今から調理してみんなで食べるから」

私は正面を向いたまま固まってしまっていて、とてもじゃないけど彼女の方を振り返ることなどできそうにない。

「タックルの準備して、釣りして、釣った魚を調理して食べる。そこまでやって初めて釣りやから。アングラ女子会ってそういう会やから」

汐見さんは相変わらずの調子であとを続ける。やっぱり彼女は楽しそうだけど、一方の私はというと、なにか脅迫されているみたいで恐ろしくて仕方がない……。

……そうして私はいま調理台を前にして立っている。ジャージの袖を肘のところまで捲《まく》り上《あ》げ、右手には包丁、まな板の上には私が釣り上げたあのガシラが力なく横たわっている。

そう。今から彼――オスとは限らないけど――を調理するのだ。この私が。

ほんの数時間前まで海の中で猛威を振るっていた彼。そんな彼も今や死んだ魚のような目——というか、死んだ魚の目そのものなのだけど——をしていて、あんなに凄まじかったアタリが嘘《うそ》みたいにぴくりとも動かない。

ありきたりな言い方をするなら「鮮度がいい」になるんだと思う。けど、私に言わせれば「死んで間もない」に過ぎないわけで……。いくら「鮮度がいい魚」と言われても、私にとっては「死に立ての魚」に他ならない。そして、生きた魚は言わずもがな死んだ魚に触るのもこれが初めてになる。そんなの恐怖するなと言う方がおかしい……。

「じゃあ、始めていこか」

魚釣りの時と同様に私の隣には汐見さんがいる。彼女も同じく自分が釣り上げたガシラを前にして立っていて、その右手には同じように包丁が握られている。

「まずはこうやって鱗《うろこ》を取る」

そう言って、汐見さんはガシラの尾から頭にかけての鱗を剝《は》ぎ取《と》っていく。さすがはご飯屋さんの娘といったところ。素人目で見てもその手際の良さは称賛に値するものだ。そうして彼女はあっという間に鱗を取り終えた。

汐見さんの目がこちらを見てくる。はっきりと言葉にはしないけど、彼女の目は明らかに「あんたの番やで」と言ってきている。

私はそれに苦笑を返す。そうしてまな板の上へと目を戻した。そこには相も変わらず死んだ魚のような目をした彼がいる。

やらなきゃ……。という思いと、触りたくない……。という思い。

そんな二つの思いが心の中をぐるぐる巡り、私はどうすることもできずに立ち尽くしている他ない。

……けど、やるしかない。

そう私はなんとか心を決めて、恐る恐る、死に立ての彼へと手を近付けていく。そうして彼の体に指が触れたその瞬間、ゾッ、と全身の血が凍ったみたいに悪寒が走った。彼の体は冷たくて、ヌメっとしていた。

気持ち悪い……。

そう心の底から嫌悪するも、私は唇をぐっと噛《か》み、再び心を決めてガシラのことを手で押さえる。そうして汐見さんのお手本に倣《なら》って、パチパチ、そっと包丁を押し当てゆっくりと鱗を剝ぎ取っていった。

そうして鱗取りミッションを完了させ、私はほっと安堵《あんど》の息をつく。なかなかハードだった……。そう疲れ果てて思っていると、

「じゃあ、次は――」

そう言って、汐見さんは次の工程へと取り掛かる。……それはもう、凄まじかった。

エラを外す。グリッ、ビチッ。

お腹《なか》を開く。ズチャ。

内臓を取り出す。ズルズル。

……そんなおぞましい一連の流れを解説と共に見せられて、私はもう立っているのがやっとという有様になってしまった。

再び汐見さんの目がこちらを見てくる。はっきりと言葉にはしないけど、彼女の目はまたしても「あんたの番やで」と言ってきている。……本気ですか？

私はまな板の上へと目を戻す。そこには鱗をなくした彼がいる。

やらなきゃ……。そんな思いは全くない。さっきの鱗取りとはわけが違う。

エラを外す。グリッ、ビチッ。

お腹を開く。ズチャ。

内臓を取り出す。ズルズル。

……そんなのできるわけがない。いま私の心の中にあるのは、絶対無理、それだけだ。

「なぁ、追川」

突然そう話し掛けられ、私の背筋は刹那の速度でピンと伸びた。次いでおずおずとそちらを見やる。さすがに苛立《いらだ》たせてしまったかと恐々としていると、

「あんた、私と約束したよな？」

汐見さんはそう真剣な様子で言ってきた。

「……約束、ですか?」

私はおずおずと聞く。汐見さんは「うん」と答えた。

「嫌なことには嫌ってはっきり言う。あんたあの時『はい』って言うたよな? あれは嘘やったんか?」

言われて思い出した。私たちは波止の上でいろいろ話した。そして、そんな約束をしたのだった。

「……嘘じゃないです」

「ふーん。なら、こういう時はなんて言うん?」

そんなふうに言われて、私は再びまな板の上へと目を戻す。

そこには準備万端の彼がいる。私はそこでしばし考えてみて、そうして出した答えを胸に汐見さんへと向き直った。

「……すみません。ちょっと無理そうです」

私はそうおずおずと言う。すると汐見さんは小さく笑い、

「オッケー。ちゃんと言えるやん。じゃあ、追川は向こうで休んどき」

そう優しく言ってくれたのだった。

手に張り付いた鱗とヌメリをハンドソープで洗い流す。そんな間も私の胸はなんだかドキドキしている。

とても同学年とは思えない。本当に大人びている。女の子にこんな言葉は喜ばれないかもしれないけど、カッコいい、私は汐見さんのことをそんなふうに思った。

そうして調理場をあとにし座席に腰を下ろす。途端に全身から力が抜けた。なんだかもう疲れてしまった。今日はいろいろあり過ぎた……。

それからしばらくして、山神さんがさも当然のようにお店の中へと入ってきた。

「おっ？　どないした？　ガシラ釣り名人」

……あの時は案外いいものだと思ったけど、こう疲れ果てている時に向けられると非常に迷惑な称号だという思いにさせられた。アングラ女子会以外の場では絶対に使わないでほしい。

私との会話もそこそこに、山神さんはビニール袋いっぱいに入ったなにかを汐見さんに手渡すと、今度は汐見さんがお返しにと、なにかが入ったビニール袋を山神さんに手渡した。

「ほなな。ガシラ釣り名人」

またしても山神さんは私のことをその名で呼んで、なにやらご機嫌に鼻唄なんかを歌いながら立ち去っていく。なんだかもう、それ言いたいだけでしょ、という感じだった。本当に迷惑な称号だ……。

山神さんが持ってきたビニール袋いっぱいのそれは、どうやら絹さや——みんなはさやえんどうと言っていた――のようだった。白木須さん曰《いわ》く、毎回こうやって釣った魚と野菜を物々交換しているらしい。

そうして白木須さんたちと絹さやの筋取りをしていると、グツグツという音と共になにやらいい匂いが漂ってきた。

私は堪《たま》らず生唾を飲む。匂いと音。それだけでもう美味《おい》しいと分かった。


食欲を刺激する甘辛い匂いが立ち上る。ガシラは浸《つ》からせている飴色《あめいろ》の汁にその体色を変えられていて、まるで横になって半身浴をしているみたい、そんな格好でいる彼の傍らには緑鮮やかな絹さやが添えられている。

ガシラの煮付け、絹さや添え――。思った通り、すっごく美味しそうだ。

「こうやって並べて見ると、追川のはやっぱ別格やなぁー」

最後に席についた汐見さんが、私の前に置かれている煮付けられたガシラを見てそんな感想を口にする。私もそう思う。手前味噌《てまえみそ》でもなんでもなくて、他のみんなのものとは明らかに一線を画している。皿の大きさからして違うし。

「なんかお父さんみたいやね」

またなんとも可愛《かわい》いことを言う白木須さん。心がほんわかしてくる。

「めっちゃ引いたやろ？」

とは汐見さん。私は「はい」と答えた。

「最初はマグロかと思って腰が抜けるかと……」

「あははっ。超ウケるぅー」

「ふふっ。また天然追川か」

「ふんっ。しょーもな」

うーん。私は別に笑い話をしたつもりはないのだけど、白木須さんと汐見さんには笑われて、間詰さんには手厳しい評価をもらってしまった。まぁ、よく分からないけど私も笑っておこう。ははは。

メインの煮魚の他には、お茶碗《ちゃわん》によそわれた艶々しい白米、そして絹さやの入ったお味噌汁まである。どれもこれも本当に美味しそう。冷めちゃう前に早く食べませんか？

そんなふうに思っていると、

「じゃあ」

そう言って、白木須さんがポンと手を合わせる。それに続いてあとの二人も手を合わせ、私も同じくそれに倣って手を合わせた。

「いただきます」

そんな白木須さんの言葉に、私たちも同じくあとに続く。そうしてようやく待ちに待った食事タイムがスタートした。

まずはメインの煮魚から。箸でガシラの身をほぐし、飴色の汁にちょんとつけて口へと運ぶ。濃い旨味が舌の上に広がって、歯で優しく噛んでやると柔らかな白身はほわっと崩れた。

次いで私は白米のよそわれたお茶碗を手に取る。箸ですくったひと塊を口へと放り込むと、甘辛かった口の中が白米によりリセットされて、そうして私の舌は再び濃い味を欲し始めた。

けど、それはまだお預け。私はお味噌汁の入ったお椀《わん》を手に取り、ススとひと啜《すす》り。うん。やっぱり私は日本人。結局これが一番落ち着く。

甘辛いガシラの煮付けも、ほかほかの白米も、薄めの味付けのお味噌汁も、シャキシャキと食感のいい絹さやも、どれもこれもすっごく美味しくて幸せな気持ちにさせられる。

魚釣りって美味しい。美味しくてあったかい食べ物は心を豊かにしてくれるみたい。

「あいあん、おおあいうえあいおう（凪ちゃん、この味付け最高）」

「食べながら喋んな。ってか、なんであんたはそんな食べ方しかできひんねん。口いっぱいに入れ過ぎやろ」

「あっえおいいんあおん（だって美味しんやもん）」

「喋んな」

「あーん、おー、あいあん（あーん、もー、凪ちゃん）」

「喋んな」

「椎羅さん。椎羅さんが茹《ゆ》でたこのさやえんどう、シャキシャキしててめっちゃええ食感ですね。さすが椎羅さんです」

「えお？　いっうんうあいおえあうい（でしょ？　一分くらいを目安に）」

「やから喋んな。あと、お前も話振んなや、カス」

「ああ？」

「なんや」

「なんじゃ」

「うあいおおえんああああんえ（二人ともケンカはアカンで）」

「あ？　なんやねん。口ん中片付けてから喋《しゃべ》れや、ドカス」

「誰がドカスじゃあッ！」

……美味しくてあったかい食べ物は心を豊かにしてくれるみたい。たぶん。


今日は本当に疲れ果てた。お風呂も歯磨きも済ませてしまったし、もうこのまま寝ちゃってもいいかな、なんて思う。まだ夜の九時とかだけど。

ベッドに仰向《あおむ》けになって天井を見つめる私の脳裏に浮かぶのは、やっぱり今日一日のこと、タックルを片付けたりお風呂に入ったりしている時にも同じように浮かんだアングラ女子会での一日だ。今日は本当にいろいろあり過ぎた。

始まりはそんな汐見さんのひと言だった。そのあと彼女は立て続けに私の嘘《うそ》を言い当ててみせ、なにかを知っているどころではなかった、彼女は私のなにからなにまで知っていた。そして、言ってくれた。

――それ、ほんまか？

――追川は普通でおったらええねん。

普通……自然体って意味だよね？　そこまで私のことを気遣ってくれる汐見さんに対して、すでに白旗をあげていた私にできることといったら「はい」と答えるくらいで、そうして見えていた世界は別世界のように優しくなった。

汐見さんは怖くない。彼女は本当に優しい。そして、私はそんな汐見さんと友達になれたんじゃないかなと思う。

あんなに作ることを敬遠していた、友達、という関係。けど、大丈夫。みんなはあの子たちとは違う。

みんなは優しくていい子たち。私のことをいじめたりしない。汐見さんもそう言ってくれた。信じていいと思う。

友達か……。私の頬《ほお》が自然と緩む。なんだか嬉しいな。

そんなふうに今日あったことを思い返していると、あっ、と私はそれを思い出してベッドから体を起こしてスマートフォンを手に取った。

うっかりしていた。ツイッターのアカウントを消しておかなくちゃ。汐見さんの忠告を無駄にするところだった。

私はツイッターにアクセスして自分のアカウントにログインする。そうして早々にそのアカウントを削除した。

これでもう私の過去に行き着く子は出てこないはず。けど、なんだか不思議な感じ。こうもなにも感じないとは思わなかった。

あの地獄のアカウントを削除したのだ。少しはスッキリしてもいいようなものだけど。

……けど、うん。そうなのかもしれない。

もしかしたらだけど、あの子たちはもう私にとって取るに足らない過去になっているのかもしれない。だって、私はもう新しい居場所を見つけているのだから。

あっ、そうだ。間詰さんにちゃんとお礼をしなくちゃいけない。魚肉ソーセージのお礼。

もしあれがなかったら、私はあの大物のガシラを釣り上げていなかったと思う。

間詰さんのことはまだちょっと怖いけど、けど彼女も優しい女の子、間詰さんともきっと仲良くなれるはず。魚釣り初心者の私にあんな大きなガシラが釣れたのだ。無理なんてことはない。間詰さんともきっと友達になれるはず。

アカウント削除の任務を終えたスマートフォンをベッドに寝かせ、私は仰向けに戻って再び天井を無言で見つめる。

あと数時間もすれば今日が終わる。それは同時に、本日限定のガシラ釣り名人の称号を失うことを意味している。

まるで十二時を過ぎると魔法が解けてしまうシンデレラみたい。まぁ私の場合、消えてしまうのは素敵なドレスでもカボチャの馬車でもなくて、農家のあの人からもらった恥ずかしい称号なのだけど。

そんなふうに思うと可笑《おか》しくなって笑ってしまう。今日は本当に楽しかった。

第三章　友達

……あれのどこに問題があったんだろう。

「今日のお昼休みに少しお時間いただけますか？　お渡ししたいものがありますので」

一限目終わりに私はそんな内容のＬＩＮＥを間詰《まづめ》さんに送った。ちゃんと言葉は選んだつもり。けど……、

「ええ度胸しとるやんけ。なら昼休みに体育館裏に来い。そこで相手したる」

彼女から返ってきたのは、そんな殺伐とした同意だった。

ええ度胸、体育館裏、相手したる……。

果たして私はどんな目に遭わされてしまうんだろう……。そんなことを思いながら重い足を向かわせる。あぁ、体育館までもうすぐだ……。

私はただお礼の品を渡したかっただけなのに……。

白木須《しろぎす》さんと汐見《しおみ》さんにはもう渡している。道の駅で買ってきた美味しそうなラスク。決して高価なものではないけど、私からの感謝の気持ちだ。

白木須さんにはロッドをもらったお礼、汐見さんにはあの日一日のお礼、そして間詰さんには魚肉ソーセージのお礼。ただそれを渡したかっただけなのに……。

そうして私はとぼとぼと体育館裏へと歩いていく。何人か友達を引き連れてきていたらどうしよう……。

そう恐々と思いながらそぉーっとそちらを覗《のぞ》き見《み》てみると、幸いそこにいたのは間詰さん一人だった。……別に幸いでもないか。

「……こ、こんにちは」

しばしの逡巡《しゅんじゅん》のもち私は心を決めてそう言って、隠していた体を彼女に晒《さら》してそちらへと歩み寄っていく。

「ふんっ。遅かったやんけ」

そう言って間詰さんは座っていた石段から腰を上げ、そうして正面から私のことを見据えてくる。私はそんな彼女と少し距離を空けたところで足を止めた。

「で、なんや。ウチに渡したいもんって」

間詰さんが早速言ってくる。その目と声は明らかに私を威嚇してきている。

「はっ、はい！」

私は慌てて手に提げている紙袋の中に手を突っ込む。そうしてラスクを手に取り、間詰さんへと歩み寄って差し出した。

「せ、先日のお礼です」

「お礼？」

「はい。魚肉ソーセージの」

「あぁ、あれか。で？」

「で？」

「え？」

そうして私たちの間に沈黙が流れる。

間詰さんがなにを言いたいのか私には皆目分からないし、一方の間詰さんも分からないといった様子でぽかんとしている。そんな不思議な沈黙はそのあともしばし続いた。

「は？　渡したいもんってそれのこと？」

私の説明を聞いてようやく理解してくれたみたいで、間詰さんはそう間の抜けた様子で聞いてくる。一体なんだと思っていたんだろう？

「ウチはてっきり引導でも渡すつもりなんやと」

「え？」

私はそう思わず聞く。引導？

「いやな、名人の称号の次はナンバーツーの座を奪いに来たんか思てな。で、ちょっとシメたらなアカンなって。スマンスマン。勘違いしてたわ」

間詰さんは笑いながらそんなふうに言う。う〜ん……。あのＬＩＮＥをどう受け取ったらそんな理解になるんだろう。

「今日のお昼休みに少しお時間いただけますか？　お渡ししたいものがありますので」

……深読みが過ぎる、あまりにも。

「ってか、分かりにくぅ〜」

次いでそう抗議してくる間詰さん。いや、そんなことは……。

「だってや、あのＬＩＮＥでラスクもらえるって誰が分かる？　クイズ王でも無理やで」

いや、それはそうかもしれないですけど、クイズ王でも「引導を渡す」とはならないと思いますよ。

「けどまぁ、ありがとな。ってか、一緒に食おうや。どうせ暇やろ」

そう言って間詰さんはラスクをさっと受け取ると、さっきまで座っていた石段に腰を下ろして早々にラスクの袋を開封した。

断るのもなんだし、私はそんな彼女の誘いに応じることにした。実を言うと、試食せずに選んだお菓子だったりする。正直どんな味なのか興味があった。

私は間詰さんと同じく石段に腰を下ろす。そうして私たちの間に置かれたラスクの袋から彼女が一枚取るのを待って、お言葉に甘えて私もいただかせてもらうことにした。

ラスク特有のサクサク感。そんな食感を楽しんでいると、表面に薄く塗られていたアーモンドバターがじゅわりと口の中に溶け出してきた。

すごく美味《おい》しいラスク。すごく幸せな一枚。きっと間詰さんの口にも合ったんだと思う。そんな五枚入りラスクはあっという間になくなった。

「美味《うま》いな、これ。なんぼしたん？」

そう間詰さんが言ってくる。やっぱり口に合っていたみたい。

「はい。二百円くらいです」

「ふーん。けど、わざわざ買ってこんでええで、お礼なんて。なんかしてもらうたびにそんなんしてたら、金がなんぼあっても足らんで」

「はい。白木須さんたちにも言われちゃいました。ありがとうで十分やで、って」

「椎羅《しいら》さん？」

「はい。あのお二人にもいろいろと良くしてもらいましたので」

「……ふーん。そう」

「はい。なので、今後はそうさせてもらいます」

あくまで感謝の気持ちだった。けど、結果としてみんなに気を使わせてしまった。それは私の本意じゃない。

なので、今後はそういったものは控えさせてもらおうと思う。私のお財布的にもありがたいし。

それにしても静かな場所だ。遠くの方から微《かす》かに声が聞こえてきているけど、なんだか世界が止まっているみたいで妙に落ち着く。

にぎやかな教室も嫌いじゃない。けど、たまにはこうして静かな昼休みを過ごすのも悪くない。予鈴が鳴るまでここでゆっくりしていようかな。

そんなふうに思っていると、

「……椎羅さんのこと、どう思てる？」

間詰さんが唐突になにやら言ってきた。

「どう、ですか？」

「うん」

どうにもばつが悪そうな間詰さん。その目は元気なく斜め下を向いている。

「どう……」

そう言って、私は考える。そうして浮かんだ答えを彼女に返す。

「そうですね。魚釣りが大好きなんだなと」

「……他」

「え？　あぁ、はい。元気ですよね。ヒマワリみたいで」

「……他」

「……そ、そうですね。可愛《かわい》いかなと。小動物みたいで」

「……」

間詰さんは一体なにを言わせたいんだろう。他、他、って……。けど、今回は追加の答えを求めてこない。もしかして正解だったのかな？

一人そんなふうに思っていると、

「そういうことと違うねんッ！」

斜め下に向けていた目をこちらに向けて、間詰さんはそう強い口調で言ってきた。

「いや、合ってんねん！　ぜんぶ合ってんねん！　釣りが好きで元気で可愛い！　その通りや！　百点満点や！　けど違うねん！　そういうことと違うねん！」

激しい身振り手振りに、感情のこもった強い訴え。そんな彼女のことを、私は呆気《あっけ》に取られて見ている他ない。

「こっちは汐見から聞いてんねん！」

……汐見さん？

「お前と椎羅さんがソフトクリームやら間接キスやらでイチャついとったってな！」

イチャ……え？

「良くしてもらったってそういうことか！　なんや！　自慢か！　間接キスのお礼にラスク渡してきたんか！」

いえ、そんな……。

「なんやねん！　めちゃめちゃ良くしてもらいやがって！　ウチとはそんなこと全然してくれへんのに！　納得いかん！　ほんま納得いかん！」

……。

「やから！」

そう言って、間詰さんはあとを続ける。

「ウチが聞いてんのはLOVEかLIKEかいう話や！　お前にとって椎羅さんはLOVEかLIKEかどっちやねんッ！」

ビシッとこちらを指差し答えを迫る間詰さん。そんな彼女に私はしばし圧倒され、そうしておもむろに口を開いて返答する。

「……えーと、LIKEですけど」

「え？」

そうして再び私たちの間に沈黙が流れた。

それからややあって私は慌てて間詰さんに釈明した。私と白木須さんの間にはなにもない、間詰さんが思っているようなことは決して、と。

どうしてそんな釈明をしなくてはならなかったかと言うと、本当についさっき気付いたことなのだけど、どうやら間詰さんにとって白木須さんはLIKEではなくLOVEらしいからだ。

LOVE
OR
LIKE

そう理解するとなんだか合点がいった。

例えばキラキラネームの件。あの時、間詰さんはなぜか頑《かたく》なにめざしを魚と認めなかった。恐らくあれは嫉妬からの抵抗だったんだと思う。私と白木須さんが同じキラキラネームであることを認めたくないがゆえの。

けど、なにをどう思ったら私と白木須さんが特別な関係にあると誤解できるのか。本当に間詰さんは深読みが……ううん、妄想が過ぎる。

「ほんまになんもないんやな？」

まだ少し疑っている様子の間詰さん。間詰さんと仲良くなるためには、まずはその誤解を完全に解く必要があるみたい。

「はい。安心してください。本当になにもないですから」

私はそう微笑《ほほえ》んで答える。

「信じてええんか？」

「はい」

「嘘《うそ》やったらハリセンボン飲ますぞ」

「はい、いいですよ。だって、私にとって白木須さんはただの――」

そこで言葉が出てこなくなる。つい口にしかけたその言葉をぐっと飲み込み、そうして私は笑みを作って言い直す。

「ただのクラスメイトですから」

「クラスメイト？」

間詰さんはそう怪訝《けげん》そうに聞いてくる。対して私は笑みを続けて返事をする。

「はい。クラスメイトで、アングラ女子会の会長さんです」

「友達と違うんか？」

「うーん、どうなんですかね。そういうのって相手の気持ちもありますし。ちょっと私にはなんとも言えないです」

「ふーん。えらい堅苦しい頭してんねんな。相変わらず言葉も固いし。追川《おいかわ》がどう思てるかで十分やと思うけど。それに、椎羅さんは追川のこと友達やと思てると思うで」

「そうですか？　なら嬉しいですけど」

私はそう微笑んで言う。作った笑顔で、取り繕った言葉で。

当初抱いていた白木須さんたちに対する警戒心はもう全くない。みんな本当に優しくて楽しい子たちだ。けど、どうしてもそこでストップをかけてしまう自分がいる。踏み切れない自分がいる。

彼女たちのことを友達と呼んでいいのかなって、私なんかがいいのかなって……。

そうして予鈴が鳴り響く。私と間詰さんは体育館裏をあとにした。

※※※

七月も半ばを過ぎて夏も徐々に本気を見せ始めてきた。セミたちは連日の大合唱。毎日そんなに大声を上げて喉は大丈夫なのかなと思う。

この学校に転校してきて約ひと月半になる。クラスにももう溶け込めていて、転校生、という特別な視線はもう全く感じない。

期末テストの結果も出終わり、あと数日もすれば夏休みに突入する。

授業が午前で終わるこの期間。もしかしたら夏休み本番より、この数日間の方が楽しかったりするのかな。どこか浮かれているように見えるクラスメイトたち。そんな彼ら彼女らを見ていて、ふとそんなふうに思った。

そうして私たちアングラ女子会は今日もまた、放課後にいつもの学校中庭のベンチに腰を下ろしてたわいのない会話に花を咲かせている。

私が所属しているアングラ女子会は学校公認の部活ではない。有志による同好会だ。なので活動の拠点となる部室なんてものは当然ながら存在せず、こうしてなんとなくこの場所に集まっている。そんなアングラ女子会の現状を私は割と歓迎していたりする。なんだか気軽でいいなって。

「で、次はどうしよっか？」

「なにがです？」

「アングラ女子会の活動についてよ。なんかやりたいことある？」

なんてことのない会話をしていたところに、白木須さんが会長らしくそんなことを言ってきた。対して聞かれた会員たちは口をつぐんで考え始め、私もそれに倣《なら》って考えているふうを装うことにする。だって、私はまだ魚釣りのことをよく分かっていないから。

「マグロを釣りに行きましょう」

そんなことを言ったらまた笑われるのだろうし。

なかなか案が出てこない。そんな中、口を開いたのは質問者の白木須さんだった。

「キスなんてええと思うんやけど、どう思う？」

そう言って、ニヤニヤとこちらを見てくる白木須さん。どうしたのかと初めこそ不思議に思ったけど、なるほど、彼女の考えていることはおおよそ想像がついた。

「キス、とかええんと違うかな？」

……やっぱりだ。今度はそのふた文字をあからさまに強調して言い、彼女は依然としてニヤニヤさせた顔で私のことを見てきている。

つまり白木須さんは、キス、という言葉に動揺する私を期待しているのだ。

そんな空気を読んでか、汐見さんも間詰さんも一向に口を挟んでこない。さっきまで普通に話していたはずなのに。

なんだか期待させてしまったみたいで白木須さんには申し訳ないのだけど、今の私は動揺とは程遠い。なぜならキラキラネームの件でネット検索した際に、そんな名前の魚が存在していることをこの目で確認しているから。

キス……シロギス……白木須……。あなたの名字ですよね。

期待に応えてオロオロするくらいのことはやった方がいいのかな？　けど、私はそんな器用な人間ではないわけで……。

「……そうですね。いいんじゃないでしょうか」

「ん？」

私の反応がお気に召さなかったのか、白木須さんはニヤけた顔のままそんなふうに言ってくる。なんだか怖い……。

「そっかぁー。キスかぁー」

白木須さんは宙を見やりそう言って、そうして飽きずに私のことを横目で見てくる。どうやらまだ期待しているみたい……。

「……はい。いいと思います」

「キスかぁー」チラッ。

「……はい」

「キスかぁー」チラッ。

「……」

「キスかぁー」

「もうええやろ。しつこいねん。いつまで続ける気ぃや、このドアホ」

ここでようやくの助け船。永遠に続きそうだった白木須さんのキス押しを、汐見さんがバッサリと斬り伏せてくれた。

「キスですか。旬の魚ですし、ええやないですか」

間詰さんもようやく話し始める。

いつもはなにかと白木須さん側に立ちたがる彼女だけど、汐見さんの厳しい言葉に見て見ぬ振りを決め込んでいる辺り、今回ばかりは彼女も汐見さんの意見に同意なのかもしれない。さすがに「ドアホ」とまでは思っていないだろうけど。

「うん。先週の『四季の釣り』でやっててん。それで……って、アカンやんッ！」

「え？」

「なにネタばらししてんの！　こっからが面白いところやのに！」

そんな白木須さんの抗議を受けて、間詰さんは狼狽《うろた》えるようにオロオロしている。まさか白木須さんは気付いていないとか？　とっくに私がキスのくだりの真意を理解しているということに。

「めざしちゃん。キスやで、キス。キスとか良くない？　キスが良さげな感じじゃん？」

関西弁にエセ関東弁を織り交ぜて、またしても白木須さんはキス押しを再開させる。やっぱりまだいけると思っているみたい。そんなものはとっくに終わっているし、もっと言うと最初から始まってすらいないというのに……。

私は相変わらず薄い反応に終始する。再びの助け船を期待するも、汐見さんも間詰さんもなにも言ってくれない。

さっきの白木須さんの抗議が相当ショックだったみたいで、間詰さんは昏《くら》くその表情を曇らせている。反対側に座っている汐見さんについては窺《うかが》いようがないけど、恐らく呆《あき》れ果《は》てたというような顔をしているんだろう。

「ほんまにキスでええの？」

「はい。いいですよ。ははっ」

「そう。じゃあ」

そう言うと白木須さんは私の太ももに手を置いて、いつになく真剣な眼差《まなざ》しで私の目を見つめてくる。

「え？」

私はそう声を零《こぼ》す。今度は一体なにが始まるの……？

すると彼女はこちらへと顔を近付けてくる。そこで私はようやく気付いた。白木須さんがなにをしようとしているのかに。

「……ははっ。なにしてるんですか」

私はそう笑って言う。内心はドキドキだけど。

「アングラ女子会の活動についてですよね？　その話の続きを――」

「ええ言うたやん」

「……え？」

「キスでええ言うたやん」

「……い、いや、あれはアングラ女子会の活動という意味で――」

「これも立派なアングラ女子会の活動やで」

相変わらずの真剣な顔でそう言われ、私は浮かべていた笑みを引っ込める他ない。そうして止まっていた彼女の顔は再びこちらへと近付いてくる。

ドキドキと騒ぎ立てる私の心臓。なぜか魚のキスがあっちのキスにすり替わってしまっている。そして、なぜか私は白木須さんとキスをすることになっている。

なんで？　どうして？

そう戸惑う私を余所《よそ》に、彼女の小さな唇はすぐそこまで迫ってきている。

そうして彼女の目が閉じられる。その瞬間、私の胸がドキリとした。

なんで？　どうして？　そんなことはもうどうでも良くなった。

まるでなにか甘い香りに引き寄せられるみたいに、私は白木須さんの唇へと自分の唇を近付けていく。

女の子同士のキスなんて今どき珍しいものでもないし、それにその相手が白木須さんなら拒む理由なんて一つもない。だって、白木須さん可愛《かわい》いし……。

そんなふうに思いながら、彼女と同じく私もそっと目を閉じる。そうして私の唇がそれに触れた。

どうしてこんなことになっちゃったのかな？

そんな思いはやっぱりある。けど、嫌だったり後悔だったりは全くない。この胸のドキドキは悦《よろこ》びなんだと思う。白木須さんには本当にドキドキさせられてばかりだ。

そんなふうに思って、私はそれから唇を離してそっと目を開く。そして、よく分からないその状況に「ん？」と思った。

私の目の前には手の平があった。そしてそんな手の平の向こう側には、未《いま》だ目を閉じたままでいる白木須さんの顔がある。

私ははてと思いながら手の平の主へと目をやってみる。そして次の瞬間、それを目にしてビクリとした。そこには間詰さんの顔があった。恐ろしい目でこちらを睨《にら》み付《つ》けてきている彼女の顔が。

「なにがＬＩＫＥや。ＬＯＶＥ丸出しやんけ」

怒気を帯びた冷たい声でそう言って、次いで間詰さんは白木須さんへと目を向ける。そうして彼女の肩を優しく揺すって閉じていた目を開かせた。

私は自分の唇に手を当てる。どうやらさっきのキスの相手は、間詰さんの手の平だったみたい。

「なにしてるんですか。はよ話を元に戻しましょ」

そう間詰さんが優しく苦言を呈する。対して言われた白木須さんはまるで寝起きみたいにぽかんとしている。……と思いきや、

「めざしちゃん。チューしよ、チュー。距離を縮めるチューチューチュー」

彼女は突然しがみ付いてきて、そんなことを言ってきた。

「ダ、ダメです。やめてください」

さすがに今回は抵抗する私。間詰さんの目があるし。

「チュー、チュー」

対して白木須さんはタコみたいに尖《とが》らせた唇で迫ってくる。なにかおかしなスイッチが入ってしまっている……。

「チュー、チュー」

「ダメです。ほんと、やめてください」

「椎羅さん。そんなにしたいんやったらウチとしましょう」

両手で押し返す私と、引き剝がしにかかる間詰さん。そんな二人がかりでもどうにもならない、タコの吸盤よろしく離れてくれないその力は本当に凄《すさ》まじい……。

「はぁ……。ほんまアホばっかし」

そんな汐見さんの呆《あき》れた声が聞こえてくる。ばっかしって、まさか私もですか？　と言うか、お願いですから汐見さんも手を貸してください。


キス。砂地の海底付近を群れで回遊している魚で、産卵のために浅場の方にやってくる初夏辺りからが釣りやすいシーズンらしい。エサはエビとかイシゴカイ——また出た——で、定番はイシゴカイになるみたい……。また前回みたく魚肉ソーセージで釣れたりしないかな？　それとなく白木須さんに聞いてみようと思う。

上品な味をした白身の魚。キスの天ぷらと聞けばピンと来る人も多いのではないかなと思う。また、味だけでなく白と黄みがかったその外見の美しさから「海の女王」とか「渚《なぎさ》の貴婦人」などと呼ばれていたりもするらしい。

その事実を知った私は思わず吹き出してしまった。だって、白木須さんが貴婦人って……。そういうのとは正反対の子だから。

魚偏に喜ぶと書いて鱚《きす》。これについても私は笑ってしまった。これはまた白木須さんっぽい、なんて思ってしまったから。そんな漢字からも分かるように縁起の良い魚みたいで、かの徳川歴代将軍も好んで食べていたとか。

食べ方としては代表的な天ぷらをはじめ、お刺身、塩焼きなどがあるらしい。塩焼きも美味しそうだけど、私はやっぱり天ぷらがいい。

大根おろしを加えた天つゆにつけて食べるとか、塩をちょい付けして食べるとか、どちらも捨てがたい。けど、私は塩派かな、なんて思ってみたり。

以上が、ネット検索で知ったキスの情報になる。

※※※

学校はついに夏休みに突入した。そんな夏休み初日の昼下がり、私は部屋で一人こつこつと夏休みの宿題を進めている。

明日はアングラ女子会の活動日。みんなでキス釣りに行く。この夏休みの間に何度そんな日があるか分からない。宿題はやれるうちに進めておかなくちゃ。

……そうして時間は流れて、しばしの小休止。私は何気なく机の上のスマートフォンを手に取った。

しばし指を彷徨《さまよ》わせる。そうして私は写真のアルバムを開き、そこに保存されている写真の一枚一枚を眺めていく。私の頬《ほお》は自然と緩んだ。

一枚もなかった写真が随分と増えた。

ガシラ釣りに行った時の写真とか、ガシラの煮付けの写真とか、それをみんなで食べている時の写真とか、教室でクラスのみんなと撮った写真とか、海や空や船や波止や漁港町の写真とか——。

このひと月半の間に本当にたくさんの写真を撮った。

とんでもない学校に来てしまったと恐怖した転校初日。私が魚釣りなんて……。そう不安に思ったアングラ女子会。あまり得意じゃない。そう色眼鏡で見てしまっていた彼女たち。あまり友達みたいな関係は作らない。怯《おび》えてそう思っていた私。

ぜんぶ間違いだった。

恐怖した、不安に思った、色眼鏡で見てしまっていた、怯えていた——。そんな場所は、安心していい場所だった。

私は居場所を見つけた。ここは私のいていい場所。

学校の中庭で撮った四人の写真を眺めながら私はそう嬉しく思い、そして不意に思い立つ。ちょっと確認しておいた方がいいかも、と。

そうして私はタックルを持って波止の先のところまでやってきた。

エサやクーラーボックスは持ってきていない。そもそも魚を釣るつもりはない。あくまで確認作業だ。

前回のガシラ釣りを最後にタックルに一度も触れていなかった。期末テストなどもあって仕方ないと言えば仕方ないのだけど、明日のキス釣りに備えてタックルの扱いや仕掛けの結びの確認をしておこうと思った。

魚を釣るつもりはないため針は使わず、道糸にオモリを結び付けただけの簡単な仕掛け——これを仕掛けと呼んでいいのかは不明——を準備し、そうしてそれを軽く後方に振りかぶって海へとビュッとキャストする。リールから勢い良く糸が吐き出され、ポチャン、と広い海に仕掛けが落ちた。それは静かな昼下がりの海によく響いた。

仕掛けが海の底に着く。それを確認してからリールを巻いて仕掛けを回収する。そうして再び仕掛けを海へとキャストする。そんな一連の流れを私は何度も繰り返す。

投げて、巻いて、投げて、巻いて、投げて、巻いて、投げて、巻いて——。

そんな単純作業の繰り返し。もちろんアタリなんてない。だって、エサも針もついていないのだから。けど、楽しい。

やった！　思った場所にキャストできた！　とか。

この海の中はどうなってるんだろう？　とか。

よし！　キャスト距離、記録更新！　とか。

そう心の中で一人楽しんでいる。

ひと月以上も触れていなかったので大丈夫かなと思ったけど、全く問題なかった、タックルの扱いも仕掛けの結びも完全に体に染み付いているみたい。

これなら明日のキス釣り対決も私の優勝で間違いなしだね。そう心の中でおどけてみせた次の瞬間、

「むぎゅー！」

「ひぃ――ッ！」

突然なにかに後ろから抱き付かれ、私は思わずそんな悲鳴を上げたのだった。

ガチガチに硬直する私の体。そんな私を後ろから拘束してくる二本の腕。どうやら大人でも男の人でもなさそうだけど……。

「だーれだ？」

「はぁ――ッ！」

私はまたしても悲鳴……、ううん、変な声を出してしまう。後方より掛けられた声と息が不意に私の首筋に触り、思わずそんな恥ずかしい声が出てしまったのだ。

こんなに首筋が弱いとは知らなかった……。けど、今の声で誰だか分かった。

「し、白木須さんです」

私はドキドキしながらそう答える。少し考えれば分かることだった。こんなことをする

のは彼女しかいない。

「せいかーい」

そう言って、ようやく拘束を解いてくれる彼女。なんだか気力を吸い取られてしまったみたいな……。私はもうへなへなだ。

そうして私は振り返る。そこには嬉《うれ》しげに笑う白木須さんの姿があった。

「ビックリした？」

白木須さんに悪びれる様子は一切ない。オレンジ色の魚のヘアピンは、今日も彼女の綺《き》麗《れい》なおでこを露《あらわ》にさせている。

「ビックリしますよ。心臓が止まるかと思いました」

「あははっ。やったー。大成功」

「大成功じゃないですよ……」

そう言って、私は溜息《ためいき》をつく。本当に心臓が止まるかと思った。下手をしたら海に落ちてしまっていたかもしれない。本当に笑いごとじゃない。

すると白木須さんは地面に寝かせていた自分のロッドを拾い上げる。なにやらエサらしきものも持ってきている。どうやら魚釣りをしに来たらしい。

「店の手伝いしてたんやけど、その時たまたまめざしちゃんのこと見つけてん」

白木須さんは私と少し距離を空け、海へと投げ入れた仕掛けをちょんちょんと動かしながら、ここまでやってきた経緯を楽しそうに話し始めた。

お店の手伝いをしていたと言う白木須さん。そんな手伝いの最中、彼女は波止の上にいる私の姿を見つけた。そんな私は魚釣りをしている様子。そう誤って理解した彼女は、自分もやろ、と手伝いを途中で切り上げてきたらしい。

確かにここに一人でいたら目に留《と》まるかもしれない。白木須釣具店はここからも望める場所にあるわけだし。

「めざしちゃんは釣りを始めてどれくらいになるんやっけ？」

そう白木須さんが聞いてくる。

転校初日にアングラ女子会に入会し、その僅か数時間後に魚釣りデビューを果たした。つまり、転校初日から今日までの期間がそれになる。

「はい。ひと月半になります」

「そっか。もうひと月半になるんや」

「はい」

「で、どう？　釣りは楽しくやれてる？」

「はい。期末テストもあってここひと月以上全くやれてないですけど、けどその分、明日は存分に楽しみたいと思います」

「せやね。楽しみやね」

「はい」

「そっか。なら良かった、めざしちゃんが楽しめてるみたいで。私としても勧誘した甲斐《かい》があったってもんよ」

そう言って、白木須さんはあとを続ける。

「もうひと目で分かったもんね。めざしちゃんから出てたもん、そんなオーラが」

「オーラ、ですか？」

「うん。アングラ女子のオーラが。私はそのオーラに導かれただけやねん」

白木須さんはそんなふうに言って、私をアングラ女子会に勧誘した理由を明かしてみせる。本当ですか？　私の記憶が正しければ、追川めざし、という名前にえらくこだわっていたように思いますけど。

——めざしって名前、あれほんまなん？

そう。全ては白木須さんのあのひと言から始まった。

「まぁ、冗談はさておき」

「あっ。冗談だったんですね」

「うん。マイケルじゃない方のね」

「え？　あぁ、はい」

「けど、ほんま良かったわ。めざしちゃんがアングラ女子会に入会してくれて」

「はい」

「だって、こうやって友達になれたんやから」

そう言って、白木須さんはニコリと笑う。そんな彼女の笑顔は本当に無垢《むく》で、ふと私は目を閉じたキス顔の白木須さんのことを思い出し、なんだか胸がドキリとした。

けど、私はすぐに冷静になって彼女の言葉に思う。

友達？　私が？　いいんですか？　私なんかが白木須さんの友達で。

そして、私は思い出す。

――椎羅さんは追川のこと友達やと思てると思うで。

確か間詰さんはそんなふうに言っていた。そして、彼女はこうも言っていた。

――追川がどう思てるかで十分やと思うけど。

果たして私はどう思っているんだろう。白木須さんのことを、アングラ女子会のみんなのことを。……ううん。考えるまでもない。

やっぱりここでもストップをかけようとする弱気な自分がいる。けど、今回ばかりは大人しくしていてもらう。私も自分の気持ちをちゃんと言うんだ。

「はい。私もです」

勇気を振り絞って私は言う。

「私も白木須さんたちと――」

「おっ！　来た来た！」

そう言って、白木須さんはロッドを持ち上げリールを巻き始める。……なんて間の悪さだろう。私の決意のひと言は魚のアタリに負けてしまった。

「うーん。あんましやなぁー、この感じは」

リールを巻く白木須さんがそんな感想を口にする。どうやら満足のいくアタリではないみたい。私の決意に水を差したのだ。せめて大物であってほしかった。

白木須さんはリールを巻き巻き、海中に沈めていた仕掛けを巻き上げていく。対して私は海へと続く糸の行方に目を向ける。私の決意に水を差した魚。そんな彼の姿をこの目で拝んでやろうと思った。

「げぇー」

白木須さんの口からそんな苦い声が吐き出される。実際に声には出さなかったけど、私も彼女と同じ思いでいる。

「ハオコゼやん」

白木須さんはそう吐き捨てるように言う。そう。私の決意に水を差したのは、あのモヒカン頭の毒魚だったのだ。

釣り上げたハオコゼを前に「あーあ」と苦笑いを浮かべる白木須さん。そんな彼女は、

「あっ、そうや」

なにかを思い出したようにそう言って、こちらを見てきた。

「めざしちゃん、さっきなんか言いかけてなかった？」

……なんと言うか、ハオコゼ並みの間の悪さだった。

白木須さんが悪いわけじゃない。ただ、さすがにこの流れで言い直すことじゃない。

「いえ。大丈夫です」

私はそう微笑《ほほえ》んで言う。また機会があった時に言えばいい。

そうして私は止めていたキャストを再開させる。海へと投げ入れた仕掛けは、ややあって海の底に着いた。

白木須さんはいつまでやるつもりなのかな。私としては確認はもう十分にできたのだけど。けどまぁ、別にいっか。特にこれといった予定があるわけじゃないし。白木須さんが満足いくまで最後まで付き合わせてもらおう。

そんなふうに思いながら仕掛けを巻き上げた私は、再びキャストするためそれを軽く後方へと振りかぶる。

「痛ッ！」

それは唐突に私の耳に響いてきた。

私はキャストを中断し、その声のした方へと目を向けてみる。そこにはしゃがみ込んで丸くなっている白木須さんの姿があった。

「ううぅ……」

震える右手を左手で掴《つか》み、白木須さんはそう辛そうな声を吐き出している。そんな彼女の足元には彼女のロッドと、ついさっき釣り上げたハオコゼが横たわっている。

「……やってもうた」

白木須さんは顔を伏せたまま、なにかと戦っているみたいに体を震わせている。

「白木須さん？」

私はロッドを地面に寝かせて彼女の許へと歩み寄っていく。針で指でも切ったか、手の筋肉でもつったか。それくらいの認識でしかなかった。

「どうかしたんですか？」

私はしゃがみ込んで彼女に聞く。すると白木須さんは、

「……刺されてもうた」

そう力ない声で言ったのだった。

「え？　刺された？」

「ハオコゼの背ビレ、触ってもうた。その毒で……ううぅ……」

声が痛みに震えている。そんな中、私は首を捻《ひね》る。毒？　と。

そうして私は、地面に横たわっているハオコゼへと目を向ける。

ハオコゼ……背ビレ……毒……毒……毒――ッ！

そこで私はようやく事態の深刻さに気付いたのだった。

毒って……嘘《うそ》……。

血の気がサーッと引く。どうやら白木須さんはハオコゼの毒にやられたらしい。

ど、どうしよう——。

私はその場に立ち上がって慌てて周囲を見やる。波止の上には私たち以外誰もいない。遠い海の上には何隻か船が浮かんでいるけど、とてもじゃないけど助けを求められるような距離じゃない。

「……凪《なぎ》ちゃんに、電話して」

ひどく苦しそうな声で、白木須さんは狼狽《ろうばい》する私に助言をくれる。

「はっ、はい！」

対して私はその助言に慌てて従う。ハーフパンツのポケットに手を突っ込みスマートフォンを取り出すと、震える指でなんとか汐見さんに電話をかけた。

プルルルル、プルルルル、プルルルル、プルルルル、プルルルル……。

……呼び出し音が一向に鳴り止んでくれない。単調な呼び出し音が右耳に、白木須さんの苦しそうな息遣いが左耳に聞こえてきている。

早く出て！　早く！

そう強く思い願うも、返ってくるのは相変わらずの単調音。私は唇を噛《か》んでスマートフォンを握り締めた。

「誰か人を呼んできます！」

私は汐見さんを諦め電話を切ると、ポケットにしまう時間すら惜しんで、スマートフォンを手にしたまま地面を蹴り付け駆け出した。

汐見さんだとか、間詰さんだとか、そんな悠長なことは言っていられない。誰だっていい。とにかく一秒でも早く大人の人を見つけ出して、苦しんでいる白木須さんのことを助けてもらわなくちゃいけない。

全速力で波止の上を駆け抜けて、駐車場を駆け抜けて、そうして私は漁港町へと駆けていく。

――これは運命やでッ！　めざしちゃんッ！

そんな彼女の言葉と笑顔が脳裏によみがえる。

――絶対に捨てられへん楽しい思い出いっぱい作ろね。

そんな彼女の言葉と笑顔が……。

――だって、こうやって友達になれたんやから。

そんな……。そして、脳裏をよぎる最悪の結末。

私は泣きそうになりながらも足を止めずに走り続ける。そんなものを現実のものにさせてたまるか、と。

するとその時、右手に握りっぱなしにしていたスマートフォンが震え始めた。私は瞬時にそれと気付く。

汐見さん――ッ！

私は駆けていた足を止めてスマートフォンの画面を見やる。私からの着信に気付いて電話をかけてきたのかと思った。

けど、違った。そこに表示されていた着信元は、「汐見さん」ではなく「白木須さん」だった。

私は応答ボタンをタッチし、白木須さんからの電話に出る。

「もしもし！　どうかしましたか！」

つい声が大きくなった。さらに急を要するなにかがあったのかと、私はもう気が気じゃない。

スマートフォンを介した向こう側にいる白木須さん。そんな彼女は一向に返事をしてくれず、苦しそうな息遣いも聞こえない。そんな彼女の危うい様子に、私の不安はさらに加速していく。

「白木須さん！」

私は彼女に呼び掛ける。なんでもいい。なんでもいいから。早く応えて――。

苦しそうな息遣いでもいい。負けそうな弱音でもいい。なんでもいいから、彼女の無事が知れるなにかを聞かせてほしかった。

「……ふっ」

するとその時、なにやら小さな音が聞こえてきた。それは本当に微《かす》かな音だったけど、耳をそばだてていた私はその音を聞き漏らさなかった。

私はさらに耳をそばだて全神経を集中させる。すると次に聞こえてきたのは、

「あはははははっ！」

それは紛れもなく白木須さんの声をした笑い声だった。

私は思わず呆気《あっけ》に取られてしまう。一体なにがどうなっているのか。ハオコゼの毒にやられて正気を失っている？　そんなふうに思った。

「ドッキリドッキリ大成功ぉー！」

けど、違ったみたい。白木須さんはそんな楽しげな様子であとを続ける。

「めざしちゃん焦り過ぎ。よう考えてみてよ。私がそんなヘマするわけないやん」

本当に楽しそうな声。笑っている声。私のことを笑っている声。

「私のこと刺せる言うたら蚊ぁくらいのもんやで。刺されてもうた……蚊ぁに……、みたいな。あははっ」

白木須さんは相変わらず楽しそう。スマートフォンを介した向こう側から一人あれこれと話し続けている。

「めざしちゃん、急に走ってどっか行ってまうんやもん。大人とか呼んでくるつもりやったんやろ？　それはアカンよ。怒られてまうやん」

今度は軽くお叱りを受ける。どうやら悪いのは私らしい。

「めざしちゃん？」

「……え？　あぁ、はい」

そう私は気のない返事をする。ちょっと失礼な感じだったかなと思いもしたけど、別にいっか、と言い直す気にはならなかった。

「まだ誰にも言うてへんよね？　もしかして言うてもた？」

なにやら心配そうな様子へと変わる白木須さん。私はまだ誰にも言っていないと彼女に伝える。すると彼女は溜息《ためいき》をつき、

「良かったぁー」

そう安堵《あんど》したように言った。

「たかがドッキリごときでそんなんしてもうてたら、でっかいカミナリ落とされてたところやで。『アホなことすな！』って、ゲンコツ食らわされてたかも分からへん」

白木須さんは言う。あれを「たかが」で「ごとき」だと。

「もし救急車とか呼んでもうてたら大変なことになってたわけやし。ほんま気ぃ付けなアカンよ」

そう。悪いのは私。ぜんぶ私のせい。

「めざしちゃんの行動は人としては百点満点。ドッキリやと三十点。では、ここで問題です。もし救急車を呼んでもうてたら何点だったでしょう？」

なぜか唐突に問題を出してくる白木須さん。私はしばし考える振りをして、「分かりません」と興味なく答える。すると彼女は「アカンなぁー」と得意げに言い、

「正解は、人生の『汚点』でした」

その言葉に私は思わずドキリとする。そして、あの日の記憶がよみがえる。あの日に言われたあの言葉がよみがえる。

――あんたと友達だった事実が汚点だわ。

私のことを睨《にら》み付《つ》けてきている彼女たち。そして、なぜかそこには白木須さんの姿もあって……。

「もしもーし。めざしちゃーん？　聞こえてるぅー？」

私を小馬鹿にするように白木須さんが言う。すると、あとの四人がクスクスと笑い始め

た。それは私の気にひどく障った。

「え？　もしかして安心して泣いてるとか？」

白木須さんがからかうように言う。四人はクスクスと笑い続けている。

「それともなに？　さっきの正解が秀逸過ぎて私の才能に悔し泣きとか？」

白木須さんがからかうように言う。四人はクスクスと笑い続けている。

「ふふっ。ほんま泣き虫やなぁー、めざしちゃんは。頭撫《な》でたげるから、はよ戻ってき」

白木須さんがからかうように言う。四人はクスクスと笑い続けている。

……もう、限界だった。

「うるさい――ッ！」

私はそう声を荒らげる。もう、止まらない。

「うるさい！　うるさい！　うるさい！」

「……めざしちゃん？」

「うるさい！　なにがドッキリだ！　人を馬鹿にしやがって！　ふざけるのも大概にしろ！　お前なんてもう知るか！　どうにでもなれ！」

私はそう吐き捨てると通話を切り、スマートフォンの電源をオフにした。

私のことを笑っていた彼女たちはもうどこにもいない。物悲しい夏の音だけが辺りに響いている。

……そうだった。今日はアングラ女子会でキス釣りに行くんだった。

椎羅《しいら》はそう心苦しく思う。凪《なぎ》も明里《あかり》も釣りに行く出《い》で立《た》ちでいて、そんな二人が椎羅の部屋で難しい顔をしている現状を作り出したのは、椎羅の不手際だ。

それどころではなかったというのは二人にあんまりな話だが、本当にそれどころではなかった。椎羅の頭の中は昨日のことでいっぱいいっぱいで、今日のことを完全に忘れてしまっていた。

椎羅の母親がジュースとお菓子を運んできて、部屋から出ていく。そうして再び重い沈黙が流れると、まるでそれを待っていたかのように凪がおもむろに口を開いた。

「なにがあったん？」

そんな凪の言葉に椎羅はドキリとする。今日のことを咎《とが》めるわけでもなく、凪はそう椎羅の心を見透かしたように言ってきた。

「……うん」

少し躊躇《ためら》ったが、椎羅は昨日のことを二人に明かす。

めざしと二人で釣りをしていたこと、そこで釣れたハオコゼに刺されたと嘘《うそ》を言ってめざしを騙《だま》したこと、必死になって助けようとしためざしを笑ったこと、それに対してめざしが激怒したこと、めざしを怒らせてしまったと自己嫌悪したこと、そんなことがあって今日のことを忘れてしまっていたこと……。

明かしていて椎羅は思った。なんてひどいことをしたのかと。私は最低だと……。

「ふーん。まぁ、完全に椎羅が悪いわ」

「うん……」

「ウチは擁護してあげたいところですけど……さすがに無理ですね」

「うん……」

「どうせ遊びのつもりやったんやろ。いつもの感じで」

「うん……。もっと距離を縮められたらなって……」

「やり方がおかしいねん。まぁ、今さら言うてもしゃーないけど」

「うん……」

反論の余地がなかった。いや、そもそも椎羅に反論する考えなどないのだが。

凪の指摘した通り、椎羅は遊びのつもりだった。

昨日のドッキリだけではない。ソフトクリームを交換して間接キスだと恥ずかしがる演技をした時も、めざしにキスを迫ったあの時も、椎羅はやっぱり遊びのつもりで、そしてそんな彼女の頭の中には「めざしちゃんと距離を縮めたい」との思いがあった。

だが、椎羅にとっては遊びでも、めざしにとってはそうではない。

椎羅は昨日のことを思い悔やむ。凪ちゃんと明里ちゃんの言う通り、なにからなにまで私が悪い……。

「けど、あの追川《おいかわ》がブチ切れるとはな。椎羅のそれが相当頭に来たか、もしくは追川の過去を刺激してもうたか」

そう何気なく言った凪の言葉に、椎羅は「ん?」と引っ掛かりを覚える。

「めざしちゃんの過去?」

そう椎羅が聞く。すると凪は、あっ、というような顔に変わった。

「なんや?　追川の過去って」

明里もあとに続く。凪は難しい顔になって口を結んだ。

そのあとも凪はなにかを考えるようにしばし押し黙っていたが、

「……はぁ。追川には悪いけど、この流れで話さんわけにはいかんしな」

そう気になる言い方をして、ようやく話す気になったようだった。

……それは、椎羅にとって驚愕《きょうがく》の内容だった。

めざしちゃんがいじめられてた?　死ね?　消えろ?　ゴミ?　めざしちゃんは私たち

に怯《おび》えていた？　また同じようにいじめられたらどうしようと？　作り笑顔？　嫌と言えない？　……ほんとに？

「最近の追川はそんなこともなくなってきてたけど、最初の頃はほんまに『はい』ばっかしでヘラヘラしててな」

「あぁ、確かに。なんやこいつ、って思った覚えがウチにもあるわ」

「なんか不自然っちゅーか、作りもんの言葉で演じてるみたいなところもあって」

「あぁ、それも分かるわ。なんか固いよな、あいつの言葉。丁寧過ぎるっちゅーか」

そんな凪と明里の言葉を聞いていて、椎羅にも思うところがある。

椎羅もめざしに距離を感じていた。だから距離を縮めたいと思ったのだ。まさか自分たちに怯えていただなんて思いもしなかったわけだが。――そして、椎羅はハッとなって立ち上がる。

「私、今すぐ謝ってくる！」

椎羅はようやく気付いたのだ。めざしにはいじめられていた過去があった。そして、そんな過去を自分は知らずに刺激してしまったのだと。

「ちょっと待った」

今にも駆け出そうとしていたところ、そうストップをかけたのは凪だった。

「今はさすがに性急過ぎるやろ。昨日今日と何回か追川に電話かけてみたけど、一回も繋《つな》がらんかった。たぶん、昨日からずっと電源を切りっぱなしにしてるんやろう。今は誰とも話したない。そういうことなんやと思う。今はそっとしておいてあげるべきと違うか？」

「けど……」

「椎羅の気持ちも分かる。けど、一週間くらい気持ちを整理する時間も必要やろ。迫川にも椎羅にも」

「そうか？　ウチは今すぐ謝りにいくべきやと思うけどな。こういうのはあんまし後回しにせん方がええやろ」

「まぁ、そういう考え方もあるわな。けど、私は時間を置いた方がええと思う」

「ウチはそうは思わんな」

「まぁ、私らがあーだこーだ言うててもしゃーないやろ。決めるのは椎羅本人や」

そうして二人の目が椎羅に向かう。

「さっきは止めてもうてごめんな。今度は止めへんから椎羅の好きにしい」

そう凪に言われて、椎羅はしばし考える。そして、

「うん。そうする」

そう言って、彼女はその場に腰を下ろした。

「ちょっと時間を置くことにする」

椎羅は凪の助言に従うことにした。凪ちゃんはいつだって正しい。なにかと暴走しがち

な私にいつもストップをかけてくれる。

　椎羅はそんなふうに思う。今回も信じていいと思う。

「ええんですか？　パッと行ってパッと謝ったら済む話と違います？」

「うん。けど、私もちょっと気持ちの整理ができてへんから。ちょっと時間を置いた方がええかなって」

「……そうですか。椎羅さんがそう言うなら」

　そうして椎羅は一週間の時間を置くことになった。だが、じっとしているつもりなんて彼女にはない。

　なにかできることは……。

※※※

　……あれから何日が経《た》っただろう。

　私は力なくベッドに仰《あお》向《む》けになっている。電源の入っていないスマートフォンはあの日からずっと眠ったまま。参加予定だったキス釣りは無断欠席した。予定通り実施されたかどうかも知らない。

　私はあれから一歩も家から出ていない。

同じ町に住んでいる。それも、漁港町という極めて狭い区域に。となると、そう易々《やすやす》と外出なんてできっこない。もし彼女たちと出くわしてしまったらと考えると……。臆病者の私にはとてもじゃないけど無理だった。

私のタックルはどうなってしまったんだろう。もしかしたら彼女が処分してしまったのかもしれない。仮にそうだったとしても文句は言えない。元々もらったロッドだったし、それに、あんなひどいことを言ってしまったのだから……。

——お前なんてもう知るか！　どうにでもなれ！

……どうして笑って済ませられなかったのかな。最初の頃はずっとそうしていたのに。やっぱりあれがいけなかったのかな。

——私も白木須《しろぎす》さんたちと友達になれて良かったです。

あんな調子付いたことを思ったのがいけなかったのかな。友達なんていらない。もう失敗しない。そう決めていたはずなのに。

——いまできていないやつがどうしてできると思うのか。できるわけがない。

お父さんの言った通りだった。前の学校で失敗した私は、今回もまた失敗した。友達なんてものは私には贅沢《ぜいたく》なのかな……。

やっと見つけた居場所を私はなくした。そして、取るに足らない過去だと思っていたあの子たちは今も私の中に存在していた。そんな事実は私を再び地獄へと引きずり込もうとしてきている。

夏休みの昼下がり、私は力なくベッドに仰向けになっている。まるで波止の上で干からび死んでいた、あのフグの亡骸《なきがら》みたいに……。

ピンポーン――。

するとその時、そんな軽やかな音が鳴り響いた。

私は寝ていたベッドから体を起こす。どうやら誰か来たらしい。両親は共にお店の方で働いているため、こういったものの応対は私がしなくてはいけない。とてもそんな気分じゃないけど……。

ピンポーン――。

また鳴った。ひどく短い間隔で。

なんだかせっかちな感じだ。なにか急《せ》かされているみたいでいい気がしない。私はさらに億劫《おっくう》な気分になった。

居留守でも使おうかなと少し考えたけど、さすがにそんなわけにもいかず、応対するため私はとぼとぼと歩いていく。その間にもさらに一回インターホンが鳴らされた。

……もうここまでくると、せっかちというより、なっていない人だ。

そんな不躾《ぶしつけ》な態度を取る来訪者に呆れつつ、私は二階の部屋の窓から玄関前の様子に目をやってみる。一体どんな人なのか、この目で拝んでやろうと思った。

けど次の瞬間、私はギョッとする。

すぐさましゃがみ込んで身を隠すも、たぶんもう手遅れ、だって私はその子と目が合ってしまったから。

なんで？　どうして？

私はひどく動揺してしまっている。ついさっきまで呆れていたというのに。

目が合ってしまった。それが直接的な要因というわけじゃない。目が合ったのなら軽く会釈をすればいい。それだけのことだ。

私が身を隠した理由は他にある。それは、その子が明らかに私のことを睨《にら》むように見上げてきていて、その子というのが私の知っている子で、私が少し苦手にしている子で、アングラ女子会副会長の間詰《まづめ》さんだったからだ。

ピンポーン——。

再びインターホンが鳴らされる。私は堪《たま》らず身を竦《すく》めた。

「おいこら！　なに隠れとんねん！」

次いで罵声が飛んでくる。やっぱりバレてた……。

ピンポーン——。

「おんのは分かってんねんぞ！　さっさと出てこんかい！」

ピンポーン――。

「無視すんなや！　出てくるまで帰らへんからな！」

ピンポーン――。

「追川さぁーん！　追川さぁーん！」

ピンポ、ピンポ、ピンポ、ピンポーン――。

連続して鳴らされる恐怖のインターホン。もうここまでくると、なっているとかなっていないとか、そういう次元の話ではなくなってくる。まるでプロの取り立て人だ。

インターホンとは人を呼び出すためのものであるはず。こんな恐怖を煽《あお》る誤った使い方をして誰が玄関の戸を開けるというのか。……けど、私は応じる他なかった。

私は恐る恐る立ち上がると、ひとまず罵声を止めてくれるよう開いた両手の平を彼女に向ける。それは同意と白旗の意思表示だった。

あんなものを延々と続けられたら、近所の人たちからどう思われるか分かったものじゃない。おかしな噂《うわさ》が広まったらことだ。お店の営業にも悪影響が出てしまう。

どうやら私の意思はちゃんと伝わったみたい。間詰さんは罵声とインターホンを鳴らすのを止めてくれた。

私は一つ頭を下げる。そうして窓の前から部屋の外へと移動していった。

とぼとぼと階段を下りていく。そんな中、ふと脳裏に浮かんだのは寓話《ぐうわ》『北風と太陽』のワンシーンだった。

サンダルを履いて玄関の戸の鍵を開け、恐る恐る、戸を横方向へと引き開いていく。すると次の瞬間、開いた隙間に何者かの足が押し込まれた。

私は驚きのあまり戸から手を離す。……何者か？　そんなの一人しかいない。

足に次いで現れたのは彼女の手。外から戸をガッと摑《つか》んできたその手は、立《た》ち竦《すく》む私の代わりに戸を全開にさせた。

「邪魔すんでぇー」

私の目の前に現れた間詰さんはそんなふうに言ってみせ、そんな彼女の目は私のことを見据えてきている。

「よう。久しぶりやな」

「……はい。お久しぶりです」

そう言って、私は笑みを作る。言うまでもなく内心はドキドキだ。

そうしてしばしそのまま向き合い立っていると、

「で、ウチはいつまでここにおらなアカンのや？」

そう間詰さんがよく分からないことを言ってきた。

はい？　思わずそう聞いてしまいそうになった。「いつまでここにおらなアカンのや？」

と言われても、「ずっとそこにいてください」なんて頼んだ覚えはないわけで……。

そう一人考え込んでいると、間詰さんは苛立《いらだ》つように舌打ちをした。

「お前には、客をもてなす、いう考えがないんかい」

そう言われて私はアッとなる。どうやら彼女はお客さんだったみたい。私はてっきり取り立て人かなにかだと……。


麦茶とお菓子を置いたちゃぶ台を間に挟み、私と間詰さんは無言のままに向き合い座っている。自分の部屋だというのにどうにも落ち着かない。私からなにか話を振った方がいいのかな……。

そんなふうに思っていると、

「ほんまええとこ住んでんなぁー」

そう間詰さんが口を開いた。

「いえ、そんな。普通ですよ」

対して私はそんな模範解答をする。けど、間詰さんのお気には召さなかったらしい。彼女は眉根を寄せて「はぁ？」と不愉快そうな態度を示した。

「なにが普通や。ウチだけハミ子にしといて、ようそんなことが言えるもんやな。それともなんや。それが普通や言うんか。ウチだけハミ子が普通なんか」

「いえ、そんなつもりで言ったわけじゃ……」

私はすぐさま否定する。どうやら間詰さんは私の住んでいる「家そのもの」の話をしていたわけではなくて、「家の立地」についての話をしていたらしい。

自分だけが離れた地域に住んでいる。そのことについて私に恨み言を言ったみたいだった。難しいな……。

再び重苦しい沈黙が流れる。今まで気にしたことのなかったエアコンの稼働音がよく聞こえ、麦茶の入ったグラスの中の氷がカランと音を響かせる。結露による水滴がグラスの表面をゆっくりと下っていく。それはまるで私の心臓がかいている冷や汗のよう。そうしてそれが下まで下り終えたところで、

「なぁ、追川」

私と同じく押し黙っていた間詰さんがそう声を掛けてきた。

私は彼女へと目を向ける。そこにあった間詰さんの顔はいつになく神妙で、

「お前、椎羅さんといろいろあったみたいやな」

それはあまりに唐突だった。……ううん、正直言うと分かっていた。

間詰さんがわざわざ一人で私の家を訪れたということは、つまりはそういうこと。そんなことは目が合ったあの瞬間から頭のどこかで分かっていた。

つまり間詰さんは、白木須さんに暴言を吐いてしまった私のことを罵倒しに、そしてア

ングラ女子会からの永久追放の旨を伝えにきたのだ。

　そう覚悟していると、

「悪かった！　この通りや！」

　間詰さんはそう言って深々と頭を下げてきた。

　私は思わず呆気《あっけ》に取られてしまう。そんな中、間詰さんは下げていた頭を持ち上げる。

　そんな彼女の顔は真剣そのものだ。

「話は椎羅さんに聞かせてもらった。最初に言うとく。追川はなんにも悪ない。悪いのは椎羅さんや。けど、椎羅さんにも悪気があったわけやない。あれにはあの人なりの理由があって」

「……理由？」

「あぁ、うん。それはウチの口から言うことやないから」

「あっ、はい……」

　そうして再び沈黙が流れる。すると間詰さんは麦茶の入ったグラスを手に取り、ゴクゴクと喉を鳴らしてそれを一気に飲み干した。

「はぁー」

　そう深く息を吐き出す。そうして彼女はこちらを見やり、

「正直言う。ウチはお前のことが気に入らん」

次いで私に向けられたのは、そんな正直過ぎる言葉だった。

そんな突然の口撃に、けど私はなに一つ驚かない。はい。知ってます。

「なんか知らんうちにアングラ女子会に入会しとるし、名人の称号もあっさり掻《か》っ攫《さら》っていくし、椎羅さんとの距離感にも不満に思てるところはよーさんある」

はい。知ってます。

「……けど、あれやねん」

はい。

「お前はもう、ウチらの仲間やねん」

……え？

私は耳を疑った。それはあまりに予想外の言葉だった。

間詰さんは前に私が抱いた野犬のイメージとは程遠く、さながら恥じらいの乙女、その頬《ほお》と耳はどこか赤くなっているように見える。

「ここ何日かずっと頭ん中にお前がおる。なんか落ち着かへんねん。これからどうなるんやろうって……大丈夫なんかなって……。やから気に入らん。そんな気分にさせるお前のことが、ウチはめっちゃ気に入らん」

間詰さんは言う。俯《うつむ》き加減《かげん》で。そんな嬉し過ぎる言葉を。

私のことを罵倒しに、アングラ女子会からの永久追放の旨を伝えに――。

そんなふうに思っていた間詰さんの突然の来訪。けど、どうやらそれは私の勘違いだったみたい。

きっと勇気がいったはず。きっと恥ずかしかったはず。

一人で私の家を訪れて、私に頭を下げて、私に自分の心の内を明かす。それは彼女にとって相当な決意だったと思う。

「やから、椎羅さんと会ってあげてほしいねん」

そう言って、間詰さんは顔を上げる。彼女の語りに一貫性はない。けど、そんなことはどうでもいい。その思いはちゃんと伝わっているから。

「さっきの謝罪で全部なかったことにしろとか、そんなこと言うつもりは全然あらへん。ただ会ってくれるだけでええ。それで一回、二人で話し合ってほしいねん」

間詰さんはそう真剣に言ってくる。彼女はやっぱり優しかった。だって、私たちのためにここまで動いてくれたのだから。

私はニコリと微笑《ほほえ》む。そして、

「はい。そうさせてもらいます」

それは心からの言葉だった。「そうさせてください」と言っても良かったくらいに。

「ほんまか！」

「はい」

跳ね上がる間詰さんの声に、私の口の端がつられて持ち上がった。

不安がないと言ったら嘘《うそ》になる。けど、きっと大丈夫。間詰さんがくれた言葉の数々が私にそう思わせてくれる。

彼女は私に勇気をくれた。次は私が応える番だ。

するとその時、間詰さんのスマートフォンになにやら反応があったらしかった。

手に取ったスマートフォンを操作する彼女。そうしてややあって、こちらを向いた彼女の顔はひどく血の気が引いていた。

「椎羅さんが、病院に運ばれたって……」

部屋の中の空気が一瞬にして凍り付く。グラスの中の氷がカランと音を鳴らした。


私と間詰さんは白木須さんが運ばれたという市民病院へと自転車を急がせた。

上がった息も、汗で濡《ぬ》れた服も、風で乱れた髪の毛も、なに一つ気にならなかった。私たちは病院に到着すると駐輪場に自転車を停め、勢いそのまま病院の中へと駆け入っていった。

そうしてロビーの待合席のところにいた汐見《しおみ》さんを見つけ出す。私たちは彼女の許へと駆け急いだ。

汐見さんの隣には若い感じの大人の女性が座っていた。その人は自分の目前まで来て足を止めた私たちに対し、静かに席から腰を上げて力なく頭を下げてきた。

そんな様子、そして優れない表情。恐らく白木須さんのお母さんだろう。

「なにがあったんですか？」

間詰さんが声を震わせ問い掛ける。白木須さんのお母さんがいる手前、どうにか感情を抑えている、そんな感じだ。だって、いつもの彼女なら汐見さんに食ってかかっていただろうから。

「分からへんの……」

白木須さんのお母さんは力なく言う。

「倒れてるとこ、近くにおった人に見つけてもろたみたいで……」

どうやら誰も事態を把握できていないらしい。真っ赤な顔をしている間詰さんとは対照的に、白木須さんのお母さんは昏《くら》くその表情を曇らせている。その心労のほどは手に取るように窺《うかが》えた。

それからしばらくして、白木須さんのお母さんは奥の方へと案内されていった。一方、待合席に取り残された私たちは誰一人として口を開かない。

そんな中、私はあの日のことを思い返す。

――お前なんてもう知るか！　どうにでもなれ！

なんであんなことを言っちゃったのかな……。私があんなことを言ったからこんなことになっちゃったのかな……。

——ドッキリドッキリ大成功ぉー！

これがドッキリだったらどれだけ良かったか……。彼女の笑い声がまた聞きたい。彼女の笑顔がまた見たい。

——めざしちゃん。

またそう呼んでほしい。そして、またみんなで笑い合って、またみんなで魚釣りに行きたい。

……そうして時間は流れて、奥の方から白木須さんのお母さんが姿を現す。私たちは誰からともなく立ち上がった。

白木須さんのお母さんはどこか気の抜けたような顔をしていて、それがどういう意味を示しているのか私にはどうにも判断ができず、今すぐ駆け寄っていって問《と》い質《ただ》したい思いに駆られた。

けど、次には微苦笑を浮かべる白木須さんのお母さん。そうして私はようやく気を緩めることができた。

「暑さとか疲労とか、いろいろ無理が祟《たた》ったんやろうって。今はまだ眠ったままやけど、明日には退院できるみたい」

そう私たちに告げて、白木須さんのお母さんは安堵《あんど》の息をついた。

すると汐見さんは糸が切れたみたいに席にへたり込み、間詰さんは口を真一文字に結んでいてその目は涙で潤んでいる。

そんな彼女たちの安堵の様子を見やり、そうして私はおもむろに席へと腰を下ろす。

本当に良かった……。

そう思った途端、どうしようもなく全身から力が抜けた。

※※※

「椎羅が退院する前に一回、あいつんとこ顔出ししとこうか思うねんけど、追川も一緒にどうや？」

病院での別れ際に、私は汐見さんからそんな誘いを受けた。

前と変わらず気軽に声を掛けてくれたこと、本当にありがたいことだと感謝の思いしかない。けど、そこで踏み切れないのが私なのだ。

「すみません。ちょっと都合がつくかどうか分からないので……」

私はそんなそれらしいことを言ってみせ、

「けど、行けそうだったら行かせてもらいます」

そう取り繕うようあとを続けた。

「そっか。じゃあ、来れそうやったら来ぃな。私らは昼の一時頃には来てるから。無理せんでええからな」

そう言って、汐見さんは白木須さんのお母さんが待つ車へと歩み寄っていった。

……湯船に浸《つ》かりながらそんなことを思い返す。やっぱり汐見さんはなんでもお見通しみたい。

そう。私は怖かったのだ。

どんな顔をして白木須さんに会えばいいのか、どんな話をすればいいのか、そういったことがてんで分からなくて私は物怖《ものお》じしてしまったのだ。

都合がつくとかどうとか……。家に閉じこもっているだけのくせに。

私は溜息《ためいき》をつく。せっかくの汐見さんの厚意をふいにしてしまった。あそこで勇気を出して「はい」と答えておけば道は開けていたのに……。

けど、後悔していても仕方がない。

過ぎてしまったことはもうどうしようもない。悔やんだって時間は戻らない。なら、今の私にはなにがあるか。

――お前はもう、ウチらの仲間やねん。

間詰さんがくれたあの言葉。

――やから追川は普通でおったらええねん。

汐見さんがくれたあの言葉。

――だって、こうやって友達になれたんやから。

白木須さんがくれたあの言葉。

他にもたくさんある。私はみんなから本当にたくさんのものをもらった。

そしてそんな彼女たちに、私はいつしか執着するようになっていたみたい。みんなとの思い出は絶対に捨てることのできない、諦めたくないものになっていた。

それで、私はどうしたいのか。そんなの決まっている。

取り戻したい。みんなとの楽しかった毎日を、そして、私の居場所を――。

私はザバンと湯船から立ち上がる。そして、熱を帯びた両頬をパチンとはたいて気合いを入れる。

「私はもう失敗しない」

そう。もう失敗しない。そして、ちゃんとみんなに伝えるんだ。私の気持ちを。

※※※

昨日も利用した駐輪場に自転車を停めていると、見覚えのある二台の自転車が停められていることに気付いた。どうやら汐見さんたちはすでに到着しているみたい。

ふと私は彼女たちが勢揃《せいぞろ》いしている病室の様子を想像してしまう。そこにいる彼女たちは会話に花を咲かせていて、そのあまりに入る余地のない空気感に早くも弱気な自分が顔を覗《のぞ》かせた。

けど、行かなきゃ――。

私はそう拳を握って弱気な自分を追い払う。そうして、けどやっぱり不安な心持ちで、私は受付を済ませて白木須さんの病室へと足を向かわせる。

取り戻したい。もう失敗しない。

その思いに嘘偽りはない。私の正直な思いだ。けど、不安はさらに増すばかり……。

私はエレベーターは使わず階段を使って病室へと向かう。往生際が悪いと言うかなんと言うか……。けど、臆病者の私には時間が必要だから。心を決める時間が。

門前払いを食らう。絶縁状を叩《たた》き付《つ》けられる。絶対にないとは言い切れないけど、たぶんそんなことはないと思う。白木須さんも私と同じように思ってくれているはず。あの毎日を取り戻したい、と。

けど、それでも不安は消えてくれない。私は本当に臆病者だ……。

私はとぼとぼと階段を上っていく。……そうして、ついに病室の前までやってきてしまった。心は……まだ決まっていない……。

このドアの向こう側に白木須さんがいる。そんなふうに思うと途端に心臓の鼓動が速くなる。弱気な自分に負けそうになる。……けど、私は負けない。

私はみんなからもらった言葉の数々を思い返す。そして、
大丈夫。きっと大丈夫。だから頑張れ。頑張れ私。

そう自分に言い聞かせて私はついに心を決め、そうしてスライドドアの取っ手へと手を伸ばした。

恐る恐るドアを引き開いていく。途端、私の手がピタリと止まる。僅かに開いた数センチの隙間から彼女たちの声が漏れ聞こえてきたのだ。

「ほんま心配させやがって。どうなることか思たわ」

「うん。ごめんね」

「ほんまですよ。この件に関しては、百パー汐見に同意です。この件に関しては」

「なんや。えらい強調するやんけ」

「当たり前や。本来ならお前に同意なんかするか。今回だけ特別や」

「ふーん。まぁ、どうでもええわ。お前ごときの同意なんか」

「ああ？」

「ん？」

「なんやお前。ケンカ売っとんのか」

「いいや。けど、買いたいんやったら売ったるで？　一億兆万円でどうや？」

「……ほんまムカつくな、お前」

「まぁまぁ、二人とも。ここ病院やで」

久しぶりに聞く彼女たちのやり取り。汐見さんも間詰さんも少し落ち着きがないように思うけど、二人とも白木須さんの無事を心の底から喜んでいるんだと思う。そんな懐かしい彼女たちのやり取りは、強張《こわば》っていた私の心を解きほぐしてくれる。

「それはそうと、大ごとにならんで……ちゅーか、十分なっとるんやけどな」

汐見さんの声がお叱りモードに切り替わる。それに対し白木須さんは、

「へへっ。めんごめんご」

そうおどけたように言ってみせた。

「なにがめんごや。けどまぁ、無事で良かったわ」

「うん。ほんまごめんね」

そうして声が聞こえてこなくなる。彼女たちのやり取りを微笑《ほほえ》ましく聞いていた私は、

ややあってそれと気付いて途端に緊張が走った。

私の番だ――。

さっきまでの盛り上がっている空気の中で病室に入っていくのは至難の業だけど、この沈黙の中なら入っていけなくもないかもしれない。

私はしばし逡巡《しゅんじゅん》する。そして、心は決まった。あとはこのドアを一気に引き開くだけ。

――のはずだった。

「けど、なんでわざわざあんなとこまで行ったんですか？」

私の心は決まっていたというのに、間詰さんが話し始めてしまったのだ。

「え？　なんの話？」

そう白木須さんが応じる。また沈黙が訪れるまで待っているしかないみたい……。

「さっき聞いた、釣りに行ってたっていう話です」

「……あぁ、あれね」

「はい。釣りするんやったらすぐ目の前に海があるやないですか。なんでわざわざあんなとこまで」

「うん。それはそうなんやけど。あそこはちょっとね……」

「それも、氷の入ったクーラー乗せて自転車で、でしょ？」

「うん……」

「ほんま無茶《むちゃ》し過ぎですって。この暑い中、キツい上り坂もあるいうのに」

「うん……」

「無茶して倒れてもうたら釣りどころやないですし、ほんまほどほどにしといてくださいよ」

「うん。そうする」

「約束ですよ。じゃあ、指切りしましょう」

「え？　あぁ、うん」

そうして間詰さんが歌う、指切りげんまんの歌が聞こえてくる。そんな中、私は唖然《あぜん》とした心持ちでいる。

白木須さんは魚釣りに行っていた？　そして、そこで倒れた？　魚釣りをやり過ぎた疲労で？　そんなふうに思うと、沸々と黒い感情が湧き上がってきた。

馬鹿みたい……。

私はそう情けなく思って唇を嚙《か》む。

どうやら思い悩んでいたのは私だけだったみたい。だって、彼女は私のことなど気にも留《と》めず魚釣りを楽しんでいたらしいのだから。

あんなに悩んで馬鹿みたい。夢見ちゃって馬鹿みたい。

なんだか裏切られた感がすごくある。勝手に悩んで、勝手に夢見て、勝手に裏切られただけなのに。けど、それでも私は悔しくて悲しくて仕方がない。

そう。私は夢見ていた。不安に思いながらも、心のどこかでそうあってほしいと思っていた。……ううん、違う。

私はそう思っていた。勝手に決め付けていた。私と同じように、白木須さんも思い悩んでくれているものだと。

けど、違った。彼女は思い悩んでなんかいなかった。魚釣りを楽しんでいた。

情けなくて、悔しくて、悲しくて……。

そんないろんな思いが混ざり合った黒い感情は私の心をその色に染め、どうして躊躇《ためら》っていたんだろう、私は手をかけたままにしていた取っ手を横方向へと強く引いてスライドドアを開いた。

中にいた三人の視線が一斉にこちらへと向けられる。私はその中の一人、ベッドの上で体を起こしている白木須さんのことだけを見据えて病室の中へと入っていく。そうして彼女と少し距離を空けたところで足を止めた。

ピンクの入院服を着た白木須さんはどこか固い表情でこちらを見返してきている。私の後方からボスッという音が聞こえてくる。恐らく私の手を離れたスライドドアが閉じたのだと思う。

「……めざしちゃん。お見舞いに来てくれたん？　昨日も来てくれてたって聞いたけど」

そう白木須さんがばつが悪そうに口を開く。

「ええ。来ましたよ。私も汐見さんも間詰さんも。みんな白木須さんのことを心配して」

対して私はそんなふうに冷たく言った。

「……うん。ごめん」

「そうです。心配したんです。けど、なんなんですか。魚釣りに行ってたって」

思い悩んでいたのは私だけですか——。そんな本音が心の中に響き渡る。

「ごめん……」

そう言って、白木須さんは目を伏せる。それは私が望んでいた謝罪の言葉。けど、こんな形の謝罪を望んでいたわけじゃない。

私は彼女に謝るつもりだった。あの日の暴言を、アングラ女子会を無断欠席したことを。そして、彼女にも謝ってほしかった。

互いに悪かったところを謝り合って、ぜんぶ水に流して、楽しかったあの毎日を取り戻したかった。

そう。望んでいたのはこんなのじゃない。こんな、私が一方的に謝らせているみたいな……。こんな謝罪を望んでいたわけじゃない。

どうしてこんなに上手《うま》くいかないんだろう。思い通りにならないんだろう。胸がムカムカして、イライラして、泣きたくなってくる……。

「……私は」

震える声で私は言う。

「いじめられていました」

白木須さんの顔が持ち上がる。いきなりなにを言い出すのか。そんなふうに思っているんだと思う。

私もそう思う。あんなにバレたくなかった過去。地獄の過去。消し去りたい過去。そんな過去を、私は今みんなに明かそうとしている。

たぶん、私は自暴自棄になっているんだと思う。

「私をいじめていたのは、友達だった子たちでした。一緒にお昼ご飯を食べたり、一緒に遊びに出掛けたり、そんな間柄でした。けど、そんな関係は、たった一度の失敗でひっくり返ってしまいました。体育の授業のペア組みを断った。あの日はもう、別の子と約束をしていたから……。けど、そんなことはあの子たちにとっては関係がなくて。その日から、私へのいじめが始まりました」

そう。たった一度の失敗だった。けど、それでも人は悪魔になる。友達はいじめの加害者に変わってしまう。

「そんな友達というものを、私は怖いと思いました。友達なんていらない。友達なんて作らない。私はそう決めました。またあんな目に遭うことがないように」

そう。私はそう決めた。

「もういじめられたくない。もう失敗したくない。だから、もう誰にも逆らわない。友達なんていう危険なものは、私には必要ない。そう決めました」

そう。そう決めた。

「そんな時、私はみんなと出会いました。もう誰にも逆らわない。そう決めていた私は、言われるがまま、アングラ女子会に入会することになりました。私が魚釣りなんて……。同好会なんて……。私は不安で仕方がなかったです」

そう。不安だった。

「なにか気に障ることをしてしまったらどうしよう。ダメなやつだと思われてしまったらどうしよう。いじめてやろうと思われてしまったらどうしよう。……私はずっと不安でした。笑顔でいなくちゃ。波風が立たないようにしなくちゃ。……私はみんなのことが怖かったです」

そう。怖かった。

「けど、ぜんぶ間違いでした」

私はさらに続ける。涙声で。潤んだ視界の中にいる彼女たちに向けて。

「みんなはあの子たちとは違う。私のことをいじめたりしない。みんなと仲良くなりたい。みんなと友達になりたい。そう思うようになりました。けど、あんなことになってしまって……」

　そう言って、私はあの日のことを思い返す。けど、すぐさま気付く。今するべきことはそれじゃない。

　過ぎてしまったことを悔やんでも仕方がない。なら、いま私がするべきことはなにか。

……それをするためにここへ来たんでしょ？

「ごめんなさい！」

　私はそう振り絞って声高に言う。そう。それをするためにここへ来たんだ。

「私はみんなと一緒にいたい！　またみんなで笑い合って、またみんなで魚釣りに行きたい！　だから、だから、ごめんなさい！」

　そう。そうだった。魚釣りに行っていた？　思い悩んでいたのは私だけ？　そんなことはどうでもいいことだった。だって――、
　取り戻したい。みんなとの楽しかった毎日を、そして、私の居場所を――。

　それが私の一番の望みなのだから。

　少し息が乱れている。珍しく大声を出したからだと思う。私の視界は相変わらず潤んでいて、涙声での告白は聞き苦しかったかもしれない。

けど、ちゃんと言えた。伝えられた。私の気持ちを。あとは、白木須さんの返事を待つだけだ。

白木須さんがベッドから床へと下りてくる。そうしてスリッパも履かずにこちらへと歩み寄ってくる彼女は、私の目前までやってきて歩みを止めた。

「……なんで謝るん」

そう白木須さんが言ってくる。その声と顔は、私と同じく泣いている。

「なんでめざしちゃんが謝るん。めざしちゃんはなんにも悪ないやん。悪いのはぜんぶ私やん」

「……けど、私だって、あんなひどいことを言ってしまって」

「その原因は私やん。それだけのことを私がしたんやん」

白木須さんは涙ながらにあとを続ける。

「めざしちゃんの過去のことも、めざしちゃんが私らを怖がってたってことも、私はなんにも知らんくて、めざしちゃんの態度とか言葉遣いになんか距離を感じてて、もっと距離を縮められたらなって軽い気持ちで、けどそんなのは言い訳でしかなくて、あんなのはドッキリでもなんでもなくて、最低最悪の行為で……。やから、めざしちゃんは謝らんでええねん。悪いのはぜんぶ私やねん」

そう言って、白木須さんはぐしぐしと涙を拭う。今日はあの魚のヘアピンをつけていなくて前髪を下ろしている彼女は、次いで力のこもった目でこちらを見てきた。

「やから、ごめんなさい！　私もめざしちゃんと一緒にいたい！　またみんなで釣りに行きたい！」

そう白木須さんが声高に言う。そんな涙声での彼女の言葉は、私をさらに泣かせにかかってくる。

……けど、私は笑みを作る。作ると言っても、前までの作り笑顔とは違う。

「はい。行きましょう。前みたいに、みんなで一緒に」

私はそう笑顔で言う。仲直りの言葉は、やっぱり笑顔で言いたいから。

すると白木須さんの表情から力が消える。そうして完全な泣き顔に変わった彼女は、次いで私に抱き付いてきた。

白木須さんは声を上げて泣きじゃくる。すると私の涙が頬《ほお》を伝い、そうして私は彼女のことを抱きしめた。

そして、こちらへと歩み寄ってくる二人のことに、私は気付いた。

そんな彼女たちは私の目前までやってきて歩みを止める。私はおもむろに彼女たちへと顔を上げた。

「よう頑張ったな。お疲れさん」

「今は特別に許したる。やから、好きなだけ椎羅さんとハグせーや」

そんな二人の目も涙で潤んでいる。

私はなんだか安心して笑ってしまう。そして、そんな笑いは次第に涙へと変わり、私はもう止まらなくなった。

私と白木須さんは声を上げて泣きじゃくる。誰の目も憚《はばか》ることなく。

だって、ここは安心していい場所だから。私の居場所だから。

エピローグ

夏休みも三分の一が終わった。太陽とセミたちは相変わらず元気で、厳しい日差しと大合唱は今日も休むことなく続けられている。

マイロッド――白木須《しろぎす》さんが保管してくれていた――を片手に、クーラーボックスを肩に掛け、頭には麦わら帽子、服や靴も前回の失敗を踏まえて可愛《かわい》く決めてみた。背中のリュックには魚釣りの道具とその他諸々《もろもろ》、あとエサに使う予定でいる魚肉ソーセージが入っている。ふふっ。今日の私は身なりも準備も完璧だ。

本日も天候に恵まれた魚釣り日和。私は集合場所である白木須釣具店へと足を向かわせている。

ここで少し時間を巻き戻して、あの件について話しておこうと思う。

白木須さんはどうして倒れるまで魚釣りをしていたのか？

単に楽しんでいただけかと思っていたのだけど、どうやらそういうわけではなかったみたい。

結論から言うと、私と仲直りがしたくて魚釣りをしていたらしい。

……意味が分からないでしょ？　無理もないと思う。その話を聞かされた当初は私だって分からなかったし、汐見《しおみ》さんも間詰《まづめ》さんも呆気《あっけ》に取られていたから。

つまりは、ゲン担ぎ。

私を傷付けてしまったと白木須さんはひどく思い悩んだ。そんな時、ふと思い付いたのがキスの七十七匹釣り。

縁起の良い喜びの魚であるキス――漢字にすると魚偏に喜ぶと書いて鱚《きす》――を、ラッキー感のある「七」を並べた匹数釣り上げて食べるゲン担ぎ。それを達成すれば自分たちは仲直りができる。

その思いで、一心に暑さと戦いながら何日も魚釣りをしていたらしい。

絶対に負けられない勝負を前にカツ丼を食べる、みたいな。かの徳川歴代将軍もさすがにそこまではしなかったと思う。

「けど、六十六匹目を釣った辺りから記憶がなくて……」

どうやら白木須さんは志半ばで倒れてしまったらしい。あと一つ「六」がくっ付いていたらどうなっていたんだろう……。

そうして私たちは改めて謝り合った。そして、ぜんぶ水に流すことにした。

……そうこうしているうちに、私は白木須釣具店へと到着する。先に集合していた三人は前回同様、店の前に立って私や山神《やまがみ》さんがやってくるのを待っていた。

「なんや。今日はジャージと違うんか」

到着早々、そんなふうにイジってくる間詰さん。対して私は笑みを作り、

「う、うん。どうかな？」

そうぎこちないながらもタメ語を使って受け答えをした。

白木須さんは言っていた。私の態度や言葉遣いに距離を感じていた、だからあんなことをしてしまった、と。

確かに丁寧過ぎたかもしれない。最初から自然な感じとはいかないだろうけど、少しずつでも良い方向に変えていけたらなと思う。

「ふーん。えらい気合い入ってるやん」

「ははっ。気合いってほどでもないけど」

私はそう笑顔で応える。内心はドキドキだけど。

「パーティーにでも呼ばれてんの？」

間詰さんはさらになにやら言ってくる。

「え？」

対して私は思わず聞く。パーティー？

「追川《おいかわ》がジャージやない。それはもうパーティー以外あり得へんやん」

「いや、その……」

「なんのパーティー？　ウチも行ってええか？」

「えーと、ははっ……」

私はそう苦笑いして早々に白旗をあげる。こういうのにも上手《うま》く返せるようにならないといけないのかな。難しいな……。

「もうその辺にしといたれや。追川が困ってるやんけ」

まさに困っていたところに汐見さんのありがたい助け船。けど、やっぱり彼女はひと言多いわけで……。

「ってか、なにがパーティーや。ロッド持って出席するパーティーがどこにあんねん。ほんましょーもないやつ」

「ああ？」

「やから、しょーもない言うとんねん。しょーもなさ過ぎてサブイボ出たわ」

そう言って、両腕に手をやり「寒い」のジェスチャーをする汐見さん。

……どうやら私は彼女のことを過小評価していたみたい。多いのはひと言どころじゃなかった。

「まぁまぁ、二人とも落ち着いて」

白木須さんが会長らしく、言い争う二人の会員を仲裁するよう言葉を挟む。そんな彼女

はどういうわけか、自分の両胸を指でツンツンしている。すると次の瞬間、

「それは、お乳突いて、や！」「それは、お乳突いて、でしょ！」

汐見さんと間詰さんは全くの同時に、そう同じようなことを強い口調で言い放った。

言われた白木須さんはなにやら嬉《うれ》しそうに笑っていて、よく分からない私はぽくぽくと考えを巡らせてみる。

お乳突いて……おちぃついて……おちついて……落ち着いて……あっ！

「ほんま椎羅《しいら》は新喜劇好きやな。何回目やねん、このくだり」

そう汐見さんが少し呆《あき》れたように言う。どうやらお約束のやり取りらしい。一方の間詰さんはなにやらモジモジしていて、

「……あ、あのですね」

「ん？」

「ウチも、その、突いてもええですか？　椎羅さんのお乳」

……なにを言い出すかと思えば。白木須さんのことになると、間詰さんは本当に様子がおかしくなる。

「ダーメ。明里《あかり》ちゃんのエッチ」

白木須さんはそう自分の胸を隠して可愛く言う。それは本当に可愛くて、私は思わずドキリとしてしまう。間詰さんと同じく突かせてもらいたい気分になった。……って、いけ

ないいけない！　お乳突け、私！　じゃない！　落ち着け、私！

「……す、すみません。へへっ」

「ふんっ。くだらん」

怪しく笑う間詰さんに、呆れる汐見さんに、楽しげに笑う白木須さん。そして、そんな彼女たちを見ていて心が和む私。アングラ女子会は今日も通常運転だ。

そうこうしていると山神さんの運転するバンがやってきた。私たちは早々に荷物を積み込み、車内へと乗り込んでいく。そうして出発の準備が整うと、

「じゃあ、行こか」

「おおー！」

「ヒアウィー」

「ゴオオオオオー！」

そんなお決まりのやり取りののち、私たちを乗せたバンは動き始める。かかっているテクノミュージックで車内の空気を狂震させながら。

「今日のターゲットはキスやったな。なら、今回は数にしよか」

山神さんはバンを快走させながらそんなことを言う。そして、

「一番よーさんキスを釣った子には、名人、って呼んであげるで」

そうあとを続けて、今回のルールと優勝賞品の存在を明かしてみせた。

「よっしゃー！　今回は負けへんで！」

「ウチだって負けませんよ！」

「今回はちょっと気合い入れるか」

そう車内は盛り上がりを見せる。白木須さんも、間詰さんも、汐見さんも、それぞれテンションは違うものの、みんな優勝を狙っている様子。そして、言葉にはしないものの私も密《ひそ》かに狙っている。優勝を、そして、キス釣り名人の称号を。

少し前までの私だったら考えられないこと。もしかしたら私はもう立派なアングラ女子になっているのかもしれない。

「じゃあここで、ディフェンディング名人のめざしちゃんに挨拶でもしてもらおうかな」

白木須さんは唐突にそう言うと、前方の助手席からこちらを見てきた。

「え？　挨拶？」

「うん。釣り場までまだ時間あるし」

「挨拶……」

「すべらない話でもええけど」

「いえ、挨拶で」

私はそう即答する。けど、挨拶って……。一体なにを話せばいいのか。

そう考え込んでいる間にもテクノミュージックの音量はゼロにされ、車内の空気は妙に改まったものへと変わり、なんだか急《せ》かされているように感じた私はノープランのままに口を開いた。

「えーと、前回ガシラ釣り名人の称号をいただきました、追川めざしです。なにも分からないところから始めた魚釣りも、もうふた月になります。私をアングラ女子会に誘ってくれた白木須さん。私を受け入れてくれた汐見さんと間詰さん。みんなには本当に感謝しています。なのでその恩返しも兼ねて、今回のキス釣り名人の称号も私がいただきます。今日も楽しい一日にしましょう。以上です」

そんな私の挨拶にみんなから拍手が送られて、ひと仕事を終えた私はほっと安堵《あんど》の息をつく。ノープランにしては上手く話せた方だと思う。ちょっと大きなことを言ってしまったかもだけど。

「へぇー。キス釣り名人の称号をいただくんや？」

白木須さんがニヤけた顔で言ってくる。

「ついでに私のキスもいただいちゃってもええんやで？」

そんな彼女の言葉はまさにエサだ。

「は？　どういうことですか？　その話もっと詳しく聞かせてください」

ほら。間詰さんが食い付いた。

「また始まった……」

そして呆れる汐見さん。ふふっ。お決まりの流れだ。

「なんやなんや、私のキスって。君ら一体どういう関係やねん」

そこに山神さんも加わってくる。それに対し白木須さんは、

「どういう関係って、アングラ女子会ってそういう会やし」

そう誤解を招くようなことを言ってみせた。

「マジかいな」

「うん。なぁ？　めざしちゃん」

次いでこちらを見てきてそんなふうに言う白木須さん。私に「はい」とでも言わせたいのかな。言ってあげないけど。

「いえ。アングラ女子会はただの海釣り同好会です。で、みんなはただの——」

そこで私の口が止まる。つい口にしかけたその言葉をすっと飲み込み、そうして私は笑みを浮かべて言い直す。

「みんなは、私の大切な友達です」

了

番外編　竿やすめ――あかり模様

ガタンゴトンと電車に揺られる。街の方に出掛けるのはやっぱり心が躍るけど、今のウチの心はいつにも増して躍り喜んでいる。だって、

「ほんま、暑は夏いねぇー」

「夏は暑い、でしょ。暑は夏いって……天才ですか」

「うん。私は天才やねん。言わずと知れた」

「はい。言わずと知れまくってます。ノーベル賞もんです」

「さすが明里《あかり》ちゃん。よう分かってるわ。文学賞いけるかな？」

「いけますいけます。コンプも余裕です」

ウチはそう椎羅《しいら》さんを褒《ほ》め称《たた》える。ツッコミで横槍《よこやり》を入れてくる水色眼鏡も、なにかと椎羅さんの目を奪うあいつも今日はいない。

そう。ウチは今日、椎羅さんと二人きりだ。横長の座席に二人並んで座っている。映画デートだ。

「二人で映画観に行かへん？　『サメ男』っていう映画なんやけど」

椎羅さんからそんな誘いの電話がかかってきたのだ。それを聞いた時、ウチは思わず固まってしまっていた。だって、二人で、って……。

夏休み、開放的になる季節、女が二人、映画デート……。

そんなのなにも起こらないわけがない。椎羅さんと、あんなことやこんなことや……へへっ。

「みんなでおるのも楽しいけど、明里ちゃんと二人きりっていうのも新鮮でええね」

「はい」

ウチはそう元気に応じる。こうやって椎羅さんと二人きりで出掛けるのはこれが初めてだ。こういう場には必ず汐見《しおみ》がいたし、今はもう一人増えて四人になったし。

「なんか都合でも悪かったんですか？　あいつら」

ウチはそうなんとなしに聞く。

「ううん」

対して椎羅さんは首を横に振った。

「今日は明里ちゃんと二人が良かったから」

「え？」

ウチは思わずドキリとする。ウチと二人が良かった？

「明里ちゃんは四人のが良かった？」

「え？　……い、いや、そんなことないです。ウチも椎羅さんと二人が良かったです」

「そっか。なら良かった」

そう言って、椎羅さんはニコリと笑う。ウチはその笑顔に吸い込まれそうになった。吸い込んでくれて全然良かったけど。

どうやら今日二人きりなのは、椎羅さんがそう望んだからみたいだ。

つまりどういうことかと言うと、椎羅さんもウチとなにかが起こることを望んでいるも同然で、あんなことやこんなことや……へへっ。

そして電車は目的の駅に到着する。ウチたちは冷房の効いた車内から外へと出て、それからしばし暑い中を歩いていき、そうして目的地である映画館へとやってきた。

早速ウチたちは映画『サメ男』のチケットとドリンクを購入し、入場口を通って指定のスクリーンへと足を向かわせて、そうして購入した前寄りの席に腰を下ろした。


……映画が始まって一時間くらい経《た》ったと思う。観客はウチたち二人だけ。なんと言うか、映画『サメ男』は「そら観客二人やわ」という感じの映画だった。

人間サイズの二足歩行のサメが、夜な夜な海から上がってきて人を襲うという内容の映画。ホラー？　コメディ？　スプラッター映画とも言えるんかな？

そんなサメはなぜか「サメ男」と呼ばれて――サメ女かもしれないのに――住民たちに恐れられ、そんなサメ男に大切な家族を奪われた漁師の主人公がサメ男に復讐心《ふくしゅうしん》を滾《たぎ》らせる。大まかに言うとそんな内容だ。

ウチは冷めた目でドリンクを飲みつつ、映画『サメ男』を評価する。星二つやな。星一つでも良かったけど、なんだか一周回って笑ってしまったから。まぁ、千円も出して観《み》るものではないと思う。

そうしてぼぅーっとスクリーンに目をやっていたウチは、なにかを感じてその方へと目をやって、そしてウチの心臓は驚いた猫のごとく跳ね上がった。

ウチの心臓を跳ね上げたのは、サメ男でも漁師の主人公でもなく、隣の席に座っている椎羅さんだった。

なんとなしに肘掛けに置いていたウチの手をギュッと握ってきている椎羅さん。そんな椎羅さんはどこか緊張しているような眼差《まなざ》しで映画に集中している。

スクリーンでは主人公の師匠である漁師とサメ男が死闘を繰り広げている。たぶん、このじいちゃんはサメ男にやられてしまうんだろう。それで、主人公の眠っていた能力が覚醒する的な。

ウチは再び肘掛けの上へと目を向ける。そこには重なり合っている二つの手。椎羅さんの体温を感じる。椎羅さんの力を感じる。もう、ドキドキが止まらない。

……さっきは星二つと評価したけど、星三つくらいはあげてもいいかもしれない。椎羅さんがウチの手を握っている。そうさせたのはサメ男と言っても過言じゃない。それは星一つ分の価値がある。

そうして、そんな映画『サメ男』はついにラストを迎える。

対してウチも負けじと最高のラストを迎えるべく、ドキドキしながらも下になっている自分の手をゆっくり動かし、そうして椎羅さんに向けて「あれ」の実現を呼び掛ける。対して椎羅さんは……応じてくれた。

二つの手がギュッと握り合う。ウチと椎羅さんの恋人繋《こいびとつな》ぎ。……ほ、星五つや。『サメ男』は今世紀最高の恋愛映画やッ！

「面白い映画やったね。グロかったけど」

「はい。今世紀最高の映画やと思います」

「え？　今世紀って、ちょっと言い過ぎと違う？」

「そんなことないです。あれに勝る映画はないです。最高の恋愛映画です」

「恋愛映画？　スプラッターやろ」

そんなふうにウチと椎羅さんは映画『サメ男』の感想を言い合う。鑑賞後の映画談義。これも映画の楽しみ方だとウチは思う。

レトロでシックな喫茶店。ウチたちはそんな隠れ家的な喫茶店で向き合って座り、かかっているジャズをバックにさっき観てきた映画のことを語り合い、そうしてしばらくして注文していたパフェが二つ運ばれてきた。

ウチが注文したチョコレートパフェと、椎羅さんが注文したイチゴパフェ。

そんな輝くオーラを放つパフェを前に『サメ男』の話題など続くわけがなく、ウチたちの心は目の前に置かれた輝くそれの虜《とりこ》になり、そうしてウチたちは早速スプーンを手に口へと運んだ。

くどくない生クリームの甘みとチョコレートソースのほのかな苦みが口の中に広がる。ちょっと値段は高かったけど、注文して良かったと思える幸福感に満たされる。めちゃめちゃ美味《うま》い。

そんなふうに思いながらチョコレートパフェを味わっていると、

「明里ちゃん」

そう椎羅さんが声を掛けてきた。

ウチはその方へと顔を向ける。すると椎羅さんは、

「ちょっとひと口だけ交換せーへん？　私と明里ちゃんのパフェ」

そうパフェの交換を提案してきた。

「なんか見てたらそっちも美味《おい》しそうやなぁーって。嫌やったらええけど」

「いえいえ、交換しましょう。二つ食べれた方がお得ですし」

そうしてウチたちは互いのパフェを交換することにした。椎羅さんとパフェを交換か。ちょっとドキドキするな。

——と、そこでハッと思い付いた。

「ちょっといいですか」

そう言って、ウチはパフェの交換にストップをかける。

「ん？　どうしたん？」

そんな椎羅さんの問いにウチは即答することができず、しばし逡巡《しゅんじゅん》、そうしてようやく心を決めてウチはおもむろに口を開いた。

「……あーん、しませんか？」

そう。ウチは思い付いたのだ。あーんできるかも、と。

「あーん？」

「はい」

「あーん、てこれ？」

「いや、それはアイーンです」

ウチはそう椎羅さんのボケにツッコミを入れる。すると椎羅さんはそのやり取りに満足したみたいでシシシと笑ってみせると、

「うん。ええよ。あーんしよ」

そうしてウチたちは互いのパフェを「あーん」して食べさせ合うことになった。や、やった！

「は、はい、椎羅さん。あーん」

「あーん。おっ、ちょっと苦くて大人の味やね」

「……へへっ」

「じゃあ、次は私の番やね。はい、あーん」

「あ、あーん」

「どう？　美味《おい》しい？」

「はい！　美味しいです！　今世紀最高の恋愛パフェです！」

「恋愛パフェ？」

ウチたちは「あーん」を楽しむ。ったく、今日は一体どうなってるんやろう。

二人きりに、映画デートに、恋人繋ぎに、あーんに、間接キスに……。ウチは今日で死ぬんかな？　この心臓のドキドキは死へのカウントダウンなんかな？

そんなふうに思ってしまうレベルのあまりに幸せ過ぎる一日。ウチたちはそのあと何度も「あーん」と互いのパフェを食べさせ合った。へへっ。

　ガタンゴトンと電車に揺られる。ウチたちは来る時と同じく横長の座席に並んで座り、帰宅の途についている。

　あのあと椎羅さんの提案で服や雑貨なんかを見て回って、お揃《そろ》いのマグカップを買ったりなんかして、そんな二人きりの一日は本当に幸せな時間だった。

「今日は付き合ってくれてありがとね。なんか私の言うことばっかし聞いてもらってごめんやけど」

「そんなことないです。めちゃめちゃ楽しかったです」

　ウチはそう正直に応える。本当に楽しかった。本当に幸せな一日だった。

「そっか。なら良かった」

「はい」

「けど、それって私と二人きりやったから？」

「え？」

　ウチはそう思わず聞く。対して椎羅さんはあとを続ける。

「だって、普段はあんまし明里ちゃんと二人きりになることないから。それが新鮮で楽しかったんかなって」

　そんな椎羅さんの言葉に納得する。あぁ、そういうこと。

「はい。確かにそれもあります。けど、ウチはいつだって楽しいですよ。椎羅さんと一緒なら」

ウチはそう正直に応える。そう。ウチはいつだって楽しい。椎羅さんと一緒なら。

「ふーん。じゃあ、私がおらんかったら楽しくないいん？」

「え？」

「例えば、めざしちゃんと二人きりやったら？」

「追川《おいかわ》と、ですか？」

「うん。めざしちゃんと二人きりやったとしたら、どう？　楽しい？　楽しくない？」

そんな椎羅さんの問いに、ウチは不審に思う。なんでそんなことを聞くのか。どこかトゲを感じる黒い問い。椎羅さんらしくない。

「そうですね。それなりに楽しいんとちゃいます？　追川もウチの仲間ですし」

「そう。なら、凪《なぎ》ちゃんは？」

「え？」

「凪ちゃんと二人きりやったら楽しい？　凪ちゃんも明里ちゃんの仲間なん？」

椎羅さんはさらにらしくない問いを続ける。ウチはやっぱり不審に思いながらも、そんな椎羅さんの問いに返答する。

「まぁ、そうですね。汐見もウチの仲間です。本気でムカつく時もありますけど、なんて言うか、張り合いのある相手って言うか。まぁ、仲間です」

ウチはそう汐見に対する思いを正直に明かす。本人の前では口が裂けても言わんけど。

「そっか。ふふっ」

ウチの答えを受けて、椎羅さんはなにやら嬉《うれ》しそうに笑う。そんな椎羅さんの様子に、ウチは少し危険を感じて釘《くぎ》を刺しておくことにする。

「今のは絶対に汐見には言わんといてくださいね。恥ずいんで」

「分かってるって。言わへんよ」

そうして電車は自宅最寄り駅へと到着する。ウチたちは座席から腰を上げて電車を降りた。

「じゃあさ、今度はみんなで行こっか。仲間四人で」

そう椎羅さんが提案してくる。仲間四人で、か。ウチは四人での今日を思い浮かべる。四人で映画を観たり、四人で喫茶店に行ったり……。ウチの口元は自然と緩んだ。

「そうですね。四人やったら四つパフェが食べれますし」

ウチは回りくどい言い回しでそう応じる。二人きりも良かったけど、四人は四人で良さがある。

「あっ、それめっちゃ名案。まぁ、凪ちゃんはくれなそうやけど」

「あー、分かります。そういうことしなそうですもんね、あいつ」

ウチたちは駅のホームを歩いていく。次回の計画に心躍らせながら——。

※※※

すぅーっと目を開くと、そこは知らない部屋だった。

ウチの頭はどうにも働かない。なぜかウチは知らない誰かの部屋のベッドにもたれ掛かって座り、そんな誰もいない部屋の中で一人ぼぅーっとしている。

冷房の効いた部屋の中央には種類の違う二つの机がくっ付けて置かれていて、その上にはたくさんのお菓子やパックジュース、あとはプリントみたいなものもあったりして……あっ。

そうウチが思い出したのとほぼ同時に部屋のドアが開けられて、ウチはその方へと顔を向ける。そこには部屋へと入ってくる汐見の姿があった。

「おっ、やっと起きたか。もう六時やで」

ドアを閉めた汐見がそんなことを言ってくる。そうだった。ウチたちは今日、汐見の家に集まって夏休みの宿題をしていたのだった。椎羅さんにいいところを見せようと朝まで勉強していたのが災いして……。

「椎羅さんたちは？」

「とっくに帰ったわ。あんたのことも起こそうとしてたけど、もうちょっと寝かしといいたりって言うて先に帰らせたんや。なんか疲れてるみたいやったから」

そう。ウチは寝不足の疲れから起きていられなくなって途中で寝てしまったのだ。ってことは……。

「夢かぁ……」

そう言って、ウチは溜息《ためいき》交じりに肩を落とす。どうやら椎羅さんとのあんなことやこんなことは、ぜんぶ夢だったみたいだ。

「なんや。怖い夢でも見てたんか？」

「逆や。最高の夢やったわ」

「あぁ、やからニヤニヤしてたんか」

「なっ……。み、見んなッ！」

「しゃーないやん。あーん、あーん、しつこいねんから」

「あーん？　……きき、聞くなッ！」

「無理言うなや。まぁ、聞いたんは私だけや。記憶から消したろか？　一億兆万円で」

「うっさい！」

……ほんま最悪や。今世紀最悪のやらかしや。

ウチは自分の失態を思い悔やむ。

寝顔だけならまだしも、まさか寝言まで聞かれてたなんて……。それも汐見に……。そして、ウチはハッとする。かぁーっと顔が熱くなった。

「……他に聞いてへんか？」

「ん？」

「あーん以外にや。それ以外に聞いてへんか？」

ウチはドキドキしながら聞く。夢の中で明かした汐見に対する思い。あれを寝言で言っちゃいないかと、ウチはもう気が気じゃない。

「うん。聞いてへんけど。ってか、大丈夫か？　なんか顔赤いぞ」

「なっ……。だ、大丈夫や！　じゃあ、ウチもそろそろ帰るわ。邪魔したな」

そう言って、ウチはプリントやらなんやらを慌てて片付けていく。

恥ずい、恥ずい、恥ずい――。

あれは寝言で言ってなかったみたいやけど、ほんまええ加減にせーよ、夢の中のウチ。

了

あとがき

初めまして、井上かえるです。

まず予告しておきますが、このあとがきは五ページにもわたります。私の一人語りが五ページも続くわけです。

え？　なんで五ページも、って？　はて、なんででしょう。

このあとがきを書いている刊行前の現時点では「井上かえるファン零人説」は検証するまでもなく明らかなわけで、こんなどこの馬の骨とも分からないやつの長い長い一人語りを読んでくださる方がどれだけいるのか……。

え？　刊行後もファン零人だぞ、って？　はい、そこのあなたロジハラです。

……とまぁ冗談はこのくらいにして、受賞に至るまでのお話から始めさせてもらおうと思います。

第二十六回スニーカー大賞優秀賞。本書「女子高生の放課後アングラーライフ（受賞時タイトル・私たちのアングラな日常）」は、そんな栄誉ある賞をいただきまして刊行させてもらうことになりました。

目標だった作家デビューを叶《かな》えることになったわけですが、ここまで来るのに順風満帆だったかというと決してそんなことはありませんでした。

執筆して応募しては、一次選考落選。また執筆して応募しては、一次選考落選。何度か通過したことはありましたが、一次選考の通過率は一割ほどだったと思います。一次選考の結果発表の日を心待ちにし、どこにも自分の名前がないことに落胆する。……それでも私は諦めずに執筆を続けました。

ただ、一次選考落選の日々は私の心を次第にネガティブへと変えていきました（元々ネガティブ人間ですが）。私は選考結果を確認しないようになっていました。

落選していたとしても、確認しなければ落選したことにはならない――。

そう。確認しなければ通過も落選もない。選考は続くよ、どこまでも。

最終選考の結果が出て、そこで初めて確認しよう。さて、私の小説はどこまで残っていたのかな？　なんて。

なんというネガティブ思考。取り方によってはポジティブと取れなくもないですけど、やっぱりネガティブです。

そんなわけで、私は途中の選考結果を全く確認していませんでした。

そんなある日、電話がかかってきました。私はそこで初めて知ることになるのです。自分の書いた小説が最終選考に残っているということを。

その時の私はテンションが低かったと思います。呆気《あっけ》に取られる、とはああいう状態のことを言うのでしょう。

そうしてその数週間後、最終選考の結果発表がありました。私はドキドキしながら確認します。……そこには、私が書いた小説のタイトルと、私の名前がありました。

本書「女子高生の放課後アングラーライフ」は釣りを扱った小説になります。ジャンル分けをすると、「釣りラノベ」になるのでしょうか？　そんな小説の作者は言わずもがな、釣りが好きです。ガチ勢ではなくライト勢ですが。

そんな私が釣りの小説を書こうと思ったのは、訪れた釣具店で釣り道具をぼぅーっと眺めていた時だったように思います。

釣りの小説とか斬新で面白いかも……釣った魚を調理して食べて……登場人物は女の子だけで……。

入り口はそんな感じだったと思います。

そうして私はそんな釣りの小説で優秀賞をいただくことになるのですが、選考に携われた方々には当然ですが、私の拙い小説を立派な「釣りラノベ」へと昇華させてくださった方々にも感謝の思いしかありません。

まずは、担当編集の佐々木さん。

受賞前そして受賞直後の私は、ただ漠然と野を駆けている馬でした。そんな私を見て、佐々木さんは言います。

「どこに向かって走ってるんですか。ゴールはあっちですよ」

そうして佐々木さんは私に跨《また》がります。つけた手綱を取り、鞭《むち》を打ちます。私はゴールへとまっすぐに駆けていきました。……私については馬で想像してください。人で想像してはいけません、絶対に。

つまり私は駆けていく方向を間違っていたのです。ただ、そんな間違いも無駄ではありませんでした。

結果が出ずとも何年も野を駆け続けていた私の心と体は、仕上がっていました。

継続は力なり、とはよく言ったものです。心技体のうち、あとは技だけです。足りていなかった技の部分は佐々木さんが補ってくれました。

いろいろとお待たせすることが多くてすみません。私は鈍足の駄馬なので……。

続いて、イラストを担当してくださった白身魚さん。

めざしたちをあんなに素敵に描いていただいて……。感動しました。

今にもめざしたちのやり取りが聞こえてきそうで、夏の音が聞こえてきそうで、白身魚さんのおかげでめざしたちの夏の青春がさらに眩《まぶ》しいものになりました。

素敵なイラストをありがとうございます。

そして、本書が刊行に至るまでに関わってくださった全ての方々。

以上の方々のご尽力により、私の拙い小説は立派な「釣りラノベ」へと昇華し、世に出ることになりました。感謝してもしきれません。ありがとうございます。

今でも時々思います。これは夢なのではないか、ドッキリなのではないか、と。もしこのあとがきが読者の皆様の目に触れているのであれば、夢でもドッキリでもなかったということになります。皆様の目に触れていると信じて……。

本書を手に取って読んでくださった皆様、ありがとうございます。これをキッカケに釣りを始めてみようかなと考えている方がいらっしゃったら、私はとても嬉《うれ》しいです。楽しいですよ、釣りは。

では皆様、こんなご時世です。お体には十分お気を付けください。私も気を付けます。

それでは失礼いたします。またお会いできれば嬉しいです。

了

女子高生《じょしこうせい》の放課後《ほうかご》アングラーライフ

著　井上《いのうえ》かえる

角川スニーカー文庫　22848

2021年10月1日　初版発行
2023年10月15日　4版発行

発行者　山下直久

発　行　株式会社KADOKAWA
〒102-8177 東京都千代田区富士見2-13-3
電話　0570-002-301（ナビダイヤル）

印刷所　株式会社KADOKAWA
製本所　株式会社KADOKAWA

Printed in Japan　ISBN 978-4-04-111608-1　C0193

★ご意見、ご感想をお送りください★

〒102-8177 東京都千代田区富士見 2-13-3
株式会社KADOKAWA　角川スニーカー文庫編集部気付
「井上かえる」先生
「白身魚」先生